新《しん》徒然草《つれづれぐさ》

根本 勲
NEMOTO Isao

文芸社

新徒然草　目次

新徒然草

徒然《つれづれ》なるままに、日暮らしパソコンに向かって、心に移りゆくよしなしごとを、そこはかとなく、キーを叩き続ければ、怪しげな文章が出来上がって、物狂おしいばかりです。

労働組合

西洋の諺に、共産主義とは、ひどく慌てた社会主義である、と、あります。

〈SSSのケース〉

むかし、ある中小企業団地に、ＳＳＳ（サンエス）という玩具製造の工場がありました。従業員百人ほどの工場で、中小企業としては大きい部類です。

ここに労働組合ができました。大きな、立派な赤い旗が門前に立ちますので、すぐに分かります。なんでもアメリカ帰りの社長の長男が工場長になってから労働が強化されて、たまりかねた社員が組合を作ったという話です。そうではなくて、外部の指導で組合ができたという説もあります。

或る日、その近くにある当社に管轄の警察署の刑事さんが来て、総務の責任者にお会いしたいというので私が出ました。私服でしたから一見しては刑事さんとは分かりませんでした。公安の方でした。

席に着くとすぐに、

「サンエスさんのことはご存知ですよね。実は組合の幹部の人が警察に来ましてね、団体交渉を申し込んでも会社が相手にしてくれないので困っていると言うのです。一人でも入会できる葛飾一般労働組合というのがありまして、その指導で組合を作ったのですが、幹部も不慣れなものですから、話の進め方が分からないのですね。会社は組合の設立を認めないと言っているらしいのです。組合を作ることは憲法に認められた権利ですから、認めないわけにはいかないのですが、アメリカから帰って来たばかりの工場長はアメリカにはそんなものはないと言っているらしいのです。警察に来られても、管轄外のことですからね」という説明。

「そうですねえ、団結権、交渉権は労働三法で認められている労働者の権利ですからね」と私。

組合の要求というのを見せてもらいました。

① 男女別のトイレを作ること。(女性従業員が六十%)

② ボーナスを夏冬一か月分支給すること。

③ 午後八時以降の残業をなくすこと。

信じられないようなつつましい要求です。

刑事さんは「葛飾一般というのが区内のあちこちで、ものすごい勢いで活躍しています。組合ができないように頑張って下さい」と、言って帰っていきました。

数日すると、サンエスの工場の周りに有刺鉄線が張り巡らされて、誰も入れなくなっています。経営者によるロックアウト（工場閉鎖）です。あの程度の要求なら全部呑んでやればいいのになあと思っていました。やがて、急速に発展してきた会社はあっけなく倒産してしまいました。

この当時の工場労働者の給与体系について述べますと、大抵は日給制で、高卒の初任給が四百円くらい、一か月、二十五日働いて基本給が一万円、皆勤手当が二日分で八百円、残業手当が二千円くらいで月収が一万三千円弱。賞与は、日給の二十日分で、八千円、月収の六割強といったところでした。一か月分ということは一万円欲しいということです。

〈愛国鍍金のケース〉

同じ工業団地内に愛国鍍金《めっき》という会社がありました。社長は平沢好男という人で小柄で、かなり太っていて、ちょび髭を生やし愛嬌のある顔をしていました。自己紹介をするとき、「私は平沢好男といいます。よしおは好い男と書きます。見ての通り、いい男です」と言うのが常でした。

屋上に大きな看板が立っていて、「世界一のメッキ工場」と書いてあります。産業が発展するにつれて、各種設備が大型化し、自動生産機械の主要部品であるロールも大型化してきました。それにつれてメッキ液を入れる液槽も、どんどん大型化してきました。

やがて、四階建てもあるような高い屋根の工場が出現しました。普通はロールを液の中に横に並べて作業をしますが、それでは面積がいくらあっても足りません。そこで、ロールを縦に入れることを考えたのです。液槽を地下に埋め、ロールを縦に吊るして液に漬けようというわけです。五メートルもあるロールをクレーンで縦に吊るすには、吊り代《しろ》も入れて十メートル以上の高さが必要です。

世界一と言うのもウソではないようです。パンフレットには「当社までロールを持ち込んでもらえれば、どんな大型のものでもメッキを引き受けます」と書いてありました。

事業の発展は目覚ましいものがありました。ところが、ここにも赤旗が立ちました。工場長の石川さんの話を総合すると、次のようなことでした。当社でもメッキの仕事をやってもらっていたので工場長とは懇意だったのです。

前述の葛飾一般の幹部数名が、仕事を終えて帰宅する従業員を一人ひとり喫茶店などに誘って、労働組合結成の勧誘をしました。一人でも欠けると、力が弱くなるので、全員でないとだめだと言ったそうです。

下準備ができたところで、一か月くらい経過したとき、残業のない日に、全従業員が、会社の近くに停めてあった大型バスに乗せられ、三十分ほど走って大きな建物の会議室に集められました。

そこで、葛飾一般の幹部から一通り説明があったのち、全員が委任状に署名させられました。

そして次の日、その委任状をもった幹部（仮に委員長としておきましょう）が、会社を訪れ、社長に面会を求めてきました。そして、委任状を提示して、労働組合が結成され、今後は、昇給、賞与の決定、労働条件の改正には、委員長の私が組合を代表して交渉に当たります、と通告してきました。委任状には石川さんを除く全従業員の署名があったそうです。

ここまでくるのに数か月経過しています。不思議に思うのは、一人くらい、このような動きがありますと、工場長に言う人がいなかったのかなあ、ということです。それだけ、共産党の作戦、指導が綿密で、優れていたということでしょうか。

当時の多くの中小工場には、大将（社長）と兵卒（工員、従業員）しかいなくて、下士官、士官、将校（係長、課長、部長）などの中間管理職がいなかったという事情はありますが。工員が社長を大将と呼んでいる所もありました。

足立区にある、硬化クロームメッキ工業とともに、業界では双璧といわれた会社が、その一、二年後に解散してしまいました。社長が、労働組合ができたら会社を解散すると言っていた通りでした。

〈三栄金属のケース〉

同じ工業団地の中に、三栄金属という会社がありました。回転灰皿を発明して大成功し事業を伸ばしました。回転灰皿と言っても、今では、ご存知ない方が多いかもしれません。長さ七十センチぐらいの支柱の先に灰皿が付けてあって、その灰皿の中心にボタンが付いていて、吸い殻を置き、そのボタンを押すと受け皿が回転して吸い殻が下に落ちるという仕掛けです。受け皿の下に水を少し入れておけば消火して火災予防にもなります。

最近は、禁煙主義が徹底してきて、見かけなくなりましたが。かつては、どこの銀行の待合室にも置いてあったものです。

この会社の前にも、やがて、赤旗が立ち並びました。そして、昇給時期、夏、冬の賞与の時期には赤旗です。数年後、神奈川の方に工場を移転しました。大半の従業員は解雇されたようでした。


ほかにも、労働組合ができて、会社が倒産したり、解散したり、移転したりした会社が何社かありました。

これらの組合の設立に辣腕を振るった委員長は、本部に栄転して立派な車に乗っているという噂でした。共産党というのは労働者の味方を謳《うた》い文句にしているのに、会社をいくつもつぶして多くの労働者を路頭に迷わせると出世するというなんて変な党だねえ、というのが世間の専《もっぱ》らの噂でした。五十年以上前のお話です。

このようなことを本で読んだことがあります。「二十代で共産主義者でない者は薄情者である。四十代で共産主義者である者は時代に遅れている。」

こんな川柳がありました。

ちとかねができてマルクスやめにする（井上剣花坊）

M君からの手紙

私が思うのに、税金は大事な問題で、人々の喜びと悲しみがそれにかかっている。今まで、その税金についての法律が、一つにまとまっていない。緩やかだったり厳しすぎたり、軽い所があると思うと、これは重いなあと思われるところもあって、これでよいという状態ではない。私が切に願うことは、税金をかけるときに、厚くかけたり、逆に薄くかけたりして、いくら真面目に働いても、税金で苦労している人や、税金を少しも納めないで楽をしている人がいるというような偏ったことがないようにすることである。

甲野君、これは投書好きの私が、国税庁長官宛に提出した陳情書だと思うだろう。ところが違うんだな。何と、これは、明治天皇のお言葉なのですよ。勿論、この通りの文章ではありません。これは私の現代語訳で、陛下はこのようにおっしゃっています。

「上諭《じょうゆ》」

朕思うに租税は国の大事、人民休戚のかかる所なり。従前その法一ならず。寛苛軽重概ねその事を得ず。冀わくは賦に厚薄の弊無く民に労逸の偏無からしめん。

どうですか、良いことを仰せられていらっしゃるじゃないですか。文章も簡潔にして、要領を得ていますよ。人民という言葉に抵抗を感じる人もいるかもしれないが、大衆の心をよく理解されています。

私の口語訳は原文に忠実に訳したつもりだ。実は、最近になって、この「上諭」に出会ったのだが、労逸の偏なからしめんがための税務調査に著しい逸脱があったことを思い出した。もう七、八年前になるかな。その時の調査官達の社長に対する態度が余りにも不愉快だったので、つい、我慢できなくなって、こんなことを言ってしまったんだよ。

「貴方達の調査の仕方は何ですか、任意だ、任意だと言いながら、強制調査と同じではないですか。机の引き出しを開けて下さいと言われても個人的なものも入っているし、開けたくないものは開けたくないんです。それも、同じことを十回も言われれば、それは任意じゃなくて脅迫ですよ。机の中から何か出てきましたか、何も出てこないでしょう。それに、社長に対する今の態度は何ですか。鉛筆で机を叩きながら『隠したって全部わかっているんだ、隠すと為にならない』ですって？　それが、二百五十人の社員とその家族に対して全責任を持っている人に対する態度ですか。昨日の朝七時に、あなた方は会社を辞めた社員の家へ押しかけて行った。出勤時間なので、今夜にしてくれと言って頼むのに、無理やり家に上がり込んで困らせたそうですね。五分か十分だけと言っておきながら、三時間も粘ったそうですね。何を聞いて来たか知りませんが、殺人犯に自白を強要するような言い方は止めて下さい。脅かせば何か出てくると思っているのですか。あなた方は、憲法第三十八条を知っていますか。公務員なら知っているでしょう。何人も自己に不利益な供述を強要されない。強制による自白は証拠とできない。意味は少し違うかもしれないが。警察官だってこんな暴力団まがいの調べ方はしませんよ。あなた達の調査のやり方は強要どころか脅迫ですよ。明らかに憲法違反の疑いがある。当社で顧問をお願いしている堀口弁護士に相談します。堀口弁護士も先日会ったときに言っていましたよ、或る顧問先の会社が調査を受けたときに、ポケットから手帳を出そうとして、そのまましまったら、調査官が体を押さえつけて無理やりむしり取るようにして手帳を取り上げてしまったと言うんです。『警察官でさえ体に触っただけで、人権侵害だと騒がれる時代に、税務署には人権というのは無いのですかね』と言っていました。今度会ったときに相談します。隠すと為にならないですって。それは警察官の犯人に対する脅迫質問じゃないですか。一体、何を隠したと言うんですか。昨日は役員の契約書を出せと言ったんではないですか。その時に社員分も言われれば、出しましたよ。言われないものまで出しませんよ。もし出さないつもりなら今日だって出しませんよ。出せと言われたから、全部ちゃんと出したでしょう。言いがかりみたいなことは止めて下さい。ないものは出せませんよ、帳簿でも領収書でも全部出したでしょう。出せと言われて出さない書類がありますか。これ以上、どう協力しろと言うのですか。昔、資本金が二千万円以上は、国税局の所管だった時に、一回だけ局の調査を受けたことがあります。税務署の調査と違って、非常に紳士的で、流石に局の人は違うと思ったものです。この人達の言うことなら了承せざるを得ないと思ったものでした。それが今回の調査はどうですか、部長の指示なのですか、課長の指示なのですか。あなた達だけの考えなのですか。なぜこんな不愉快極まりない調査しかできないのですか。かつての調査官のように、この人の言うことなら何でも聞くほかはないと思うような調査方法がとれないのですか、先輩の調査官に恥ずかしいとは思いませんか。優良法人なんか問題ではないそうですね。税務署の調査なんか甘いもので、我々が手掛ければ、優良法人なんかすぐ取り消して見せるそうですね、国税局と言うのは、たいそうな力ですね。我々は優良法人になるために、申告書を作成しているわけではないんです。どれだけ苦しんで納税しているかわからないのですか。命を縮めるような苦労をして納税しているんです。あなた方は納税者が正直に申告するはずはないと考えているんですか。私たちは経理マンですが、複雑な税法を全部熟知しているわけではない。間違いがあれば直します。それには納得できるように説明するのがあなた達の仕事ではないのですか。申告書のことこごがおかしいと説明したらいいでしょう。それとも説明は不要だとでも言うのですか。あなた達の調査方法は明らかに調査権を逸脱しています。殆んど脅迫です。脅迫罪で訴えることができるかどうか、弁護士と相談します」

甲野君、君も知っている通り、私はすぐにかっとなるような性質ではないが、あまりの不愉快さに、つい我を忘れてとことんやってしまった。後で考えて可笑《おか》しかったのは、私の剣幕に恐れをなしたのか、下手に相手にならない方がいいと考えたのか、四人の調査官が一言もはさまずに、私の独演会を最後まで、じっと聞いていたことだった。いや、どうも、またまた駄弁《だべん》を弄《ろう》して君の貴重な時間を無駄にしてしまった。この次はもう少しましな便りを差し上げたいと思っている。

M君の手紙はこれで終わっています。ほんとうに言いたいことは何なのかよく分からないところもありますが、同じような仕事をしていた私には、彼の怒りの気持ちはよく分かりました。ただ、鬼より怖いと言われる国税局を相手にこれだけのことを言えるのかなあとも思いましたが、誠実一本やりのM君のことだからやりそうな気もしました。明治天皇の「上諭」も、このようなお言葉があるとは知りませんでした。いまでは、税務大学校の教科書にも載っていないでしょう。それでも、その神髄は現在の税務行政の中に、生きていると思いたいですね。

【「いき」の構造】九鬼周造

九鬼周造《くきしゅうぞう》は、一八八八（明治二十一）年に文部官僚、九鬼隆一男爵の四男として生まれ、東京帝国大学で、ケーベル博士に師事、哲学科を卒業して、独、仏に八年間留学しました。ハイデッカーと交友、ベルグソンに仏語の指導を受けました。祖先は、九鬼水軍を率いた戦国武将九鬼嘉隆です。一九四一（昭和十六）年、無謀な太平洋戦争開戦の年に五十三歳で亡くなりました。私が九歳の時です。

私が九鬼周造の名前と、その著作『「いき」の構造』を記憶するようになったのはいつの頃か、はっきりしません。中学（旧制）の国語の授業の時間に聞いたような気もしますが、社会に出てからのような気もします。

只、その時に感じたのは、これは、だいぶ難しい本で、十分、時間のある時に読まなければ駄目らしいということでした。そして、この名前は、私の記憶から消えては現れ、現れては消えて、気が付いたら米寿になっていました。

その間、時間がなかったわけではないと思いますが、時間ができたと思ったのが今だったというわけです。図書館から借りて読みました。中に使われている字句を引用しながら感想文めいたものを書いてみます。

予期していた通り、いきなり難解な文章に出会いました。

意識現象の形において意味として開示される「いき」の会得の第一の課題として我々はまず「いき」の意味内容を形成する徴表を内包的に識別してこの意味を判明ならしめねばならない。

さっと読んだだけでは意味がつかめません。もう一度ゆっくり読み、主語が「我々」、述語が「ならしめねばならない」であることを確かめ、ようやく意味をつかみました。それも漠然としています。哲学者の名前は、外国人も含めて何人かは知っていますが、哲学書を読むのは初めてです。まごつくのも無理はありません。

しかし、読み進めていくうちに具体的事例が出てくるはずだと思われるので、そうなれば理解しやすくなるだろうと推測して読み続けました。徴表という聞きなれない言葉の意味が早速、出てきました。

第一の徴表は「媚態」、その説明が詳細にあります。

第二の徴表は「意気地」、これは分かります。「いき」そのものが、「意気地」から出たと言われています。そこには、想像通り、江戸の花、町火消《まちびけし》、白足袋《しろたび》、男伊達、いなせ、いさみ、伝法《でんぼう》という語句が出てきます。町火消の伝統を引き継ぐ消防庁の出初《でぞめ》式での「梯子乗り」が目に浮かんできます。ハラハラドキドキの梯子のてっぺんの演技が、観衆の拍手喝采を呼びます。「いき」の中身が具体化してきました。

第三の徴表は「諦め」です。少し、意外な気がしましたが、これは、「いき」の内容には必須のもので、「人の心は飛鳥川、変わるは勤めのならひじゃもの」とか、恬淡《かったん》、流転、無情などの字句が説明に使われています。「粋な心についならされて嘘と知りてもほんまに受けて」というセリフも出てきます。

「媚態」は主として女性について、「意気地」は主として男性について、「諦め」は双方についてのものと言っていいかと思います。ふと、泉鏡花原作『婦系図』を基にした映画の中で歌われた「湯島の白梅」（佐伯孝夫作詞、清水保雄作曲）の一節を思い出しました。

（一番の冒頭）
湯島通れば思い出す　お蔦　主税の心意気
（二番の後半）
かたい契りを義理ゆえに　水に流すも江戸育ち
「諦め」の境地を歌っています。

周造は「運命によって『諦め』を得た『媚態』が『意気地』の自由に生きるのが『いき』である」と言っています。

「いき」に関する重要な意味に、「上品」「派手」「渋み」などがあります。その対語、即ち「いき」の対語が「下品」「地味」「野暮」です。野暮は野夫（やぶ）の音転と言われています。

「渋み」は地味よりも豊富な過去および現在を持っている。渋みには艶がある、と、周造は説明します。

「野暮と化け物は箱根から東には住まぬ」と言われていますが、

明石からほのぼのとすく緋縮緬《ひちりめん》

というい きな句がありますから（明石＝明石織）、「粋」は関東の専売特許というわけでもないようです。

「いき」は、歌舞伎、浄瑠璃、常磐津、清元《きよもと》、歌沢《うたざわ》、都都逸《どどいつ》などの中に取り込まれ、そこで応用され育てられてきたようです。

周造は、浮世絵の中にも題材を求め、特に婦人の着物姿を詳細に観察し、顔、上半身、腰のあたり、下半身などを、どの角度から見たものが一番「いき」であるか、縦縞は「いき」だが、横縞は、「いき」ではない、青系統、茶系統のものを「いき」と述べ、黒は野暮と断じています。建物についても、火灯窓の丸みなど丸いものを「いき」とし、柱、天井、部屋の構造、壁、廊下などにも目を配り、造園の内容にも考察を惜しまない。音楽にも敷衍《ふえん》し、次のように述べています。

リズム上の「いき」も同様で、一方に唄と三弦との一元的平衡を破って二元性が措定され、他方にその変異が一定の度を超えないところに、「いき」の質量因と形成因とが客観的表現を取っているのである。

これは、最初の方に出て来た三行に比べても、はるかに難しく、私の理解力を超えています。美声の芸者の淡海節《たんかいぶし》が、撥《ばち》さばきの見事な三味線の音色に乗って聞こえてくるような気がしますが、そこまでです。

周造の論文は、主題ごとに三ページほどにまとめてあって、読みやすくなってはいます。そして、驚くのは、その全主題の中の単語、字句、短文等について、ほぼ同量か、時によってはその量以上の注釈のページが続いていることです。但し、その評釈の字が小さくて、目が悪くなった私には、とても読み続けることができなくて、ほとんど飛ばしてしまいました。多分、その注釈を克明に読んで、きちんと理解すれば、上記の三行も正確に理解できるのでしょう。

私が読んだのは、対訳付『「いき」の構造』です。訳者は、一九五一（昭和二十六）年生まれの奈良博氏で、カンザス大学で言語学博士号を取り、ピッツバーグ大学教授でした。この難解な本を、よくも英訳したものだと驚きました。前の方を、ほんの少しだけ読みましたが、比較的分かり易い英語でした。氏は、日本人の本質をつくこの本が、外国人に日本人を理解してもらうのに好適と考えて英訳を思いついたものと推測します。

ドイツ、フランスに留学して外国語に堪能な周造は、フランス語の「シック」（chic）にも触れています。これは、ドイツ語の（schick）からきたもので、日本にも入ってきて、「シックなネクタイですね」というのは、最高の褒め言葉となっています。しかし、「シック」と「いき」は同じではない、と周造は述べています。

Schickを独和辞典で引くと「a　いきな、シックな、趣味のよい、瀟洒な（本来は衣服について）、〈俗語〉すてきな」などの訳が載っています。

ついでに、広辞苑を引いてみました。

いき【粋】（「意気から転じた語」）①気持ちや身なりのさっぱりとあかぬけしていて、しかも色気をもっていること。すい。伎、浮名横櫛「その粋（すい）な多左衛門どのなればこそ、かうした粋なお富さんを」②人情の表裏に通じ、とくに遊里・遊興に関して精通していること。また、遊里・遊興のこと。「粋筋」↕野暮。

と出ています。こちらは丁寧です。「粋（すい）」が出てきたので、思い出すことがあります。私の「すい」との出会いは小学生の時です。と言うと驚くかもしれませんが、それは、母から教わった軍歌「雪の進軍」です。その二番の歌詞にこうあります。

二、焼かぬ乾《ひ》物に半煮え飯《めし》に
なまじ生命のある其の内は
堪え切れない寒さの焚火《たきび》
煙《けぶ》い筈だよ生木《なまき》が燻《いぶ》る
渋い顔して功名談《ばなし》
すいと云うのは梅干し一つ

この「すい」は、粋（すい）と酸いとをかけたものであることは、小学生の私には分かるはずもなく、母親が十歳の子供に教えるはずもありません。小学生の私は、梅干しは酸っぱいに決まっているのに、なんで、わざわざ「酸っぱい」を持ち出したのだろう、前に「渋い顔」があるので「酸っぱい」を出したのかなあなどと考えた記憶があります。

辞典は「すい」の説明に歌舞伎、「与《よ》話《わ》情《なさけ》浮名《うきな》横櫛《のよこぐし》」を出してきました。歌舞伎は、どちらかと言えば、上流社会の趣味で、庶民にはあまり関係のない演劇ですが、一九五四(昭和二十九)年に、この歌舞伎を題材にした春日八郎の歌う「お富さん」のレコードが世に出ると、その軽快なメロディーに乗って、これが大ヒットし、一世を風靡しました。

山崎正作詞　渡久地政信作曲

「お富さん」

一、粋な黒塀《くろべい》見越しの松に
仇《あだ》な姿の洗い髪
死んだはずだよお富さん
生きていたとはお釈迦様でも
知らぬ仏のお富さん
エッサオー源治店《げんやだな》

二、過ぎた昔を恨むじゃないが
風もしみるよ傷の痕
久しぶりだなお富さん
今じゃ異名《よびな》も切られの与三《よさ》よ
これで一分《いちぶ》じゃお富さん
エッサオーすまされめぇ

このあと、歌舞伎の筋書きにそった歌詞が続きます。前に、黒は野暮、と書きましたが、ここに「粋な黒塀」とありますので、必ずしも黒色が野暮というわけではないようです。「与《よ》話《わ》情《なさけ》浮名《うきなの》横櫛《よこぐし》」は、一八五三（嘉永六）年に江戸中村座で八代目市川團十郎、四代目尾上菊五郎（当時梅幸）により初演され、その後、多くの俳優により繰り返し上演された歌舞伎名作のひとつです。「お富さん」の大ヒットにより、その内容が全国の人に知られるようになりました。

「お富さん」の歌詞は、劇中で、与三郎の切る啖呵の場面を基にしたもので、少し長いですが、全部を書いてみます。

しがねえ恋の情けが仇、命の綱の切れたのを、どう取り留めてか木更津から、めぐる月日も三年《みとせ》越し、江戸の親にゃぁ勘当うけ拠所《よんどころ》なく鎌倉の谷七郷《やつしちごう》は食い詰めても面《つら》に受けたる看板の、傷が勿怪《もっけ》の幸い《せいうえ》に、切られ与三《よそう》と異名を取り、押し借りゆすりは習おうより馴れた時代《じでえ》の源氏店《げんやだな》、その白化けか黒塀に格子造りの囲い者、死んだと思ったお富たあ、お釈迦様でも気がつくめえ、よくまあ、お主ゃぁ達者でいたなぁ。安やい、これじや、一分《いちぶ》じゃ帰《けえ》られめえじゃねえか。

歌舞伎の名セリフの一つで、「お富さん」の歌と共に覚えた人も多かったのではないでしょうか。私もその一人ですが。

観客は、名優の演じるお富、与三郎の演技とセリフに十分「いき」を感じて堪能したことと思われます。

「お富さん」の三番、四番は次の通りです。

三、かけちゃいけない他人の花に
　情けかけたが身の運命《さだめ》
　愚痴はよそうぜお富さん
　せめて今夜はさしつさされつ
　飲んで明かそよお富さん
　エッサオー　茶わん酒

（この「他人」というのがやくざの親分で、このことが知れて、与三郎は子分たちに

滅多切りにされ、半死半生の目に遭います。お富は入水しますが、多左衛門に助けられます）

四、逢えばなつかし語るも夢さ
だれが弾くやら明烏《あけがらす》
ついて来る気かお富さん
命短く渡る浮世は
雨もつらいぜお富さん
エッサオー　地獄雨

歌舞伎の舞台では、後半、父親伊豆屋喜兵衛と与三郎が、それとなく会う情感豊かなシーン、お富を助けた和泉屋の大番頭多左衛門（実はお富の実の兄）が、すべてを承知の上で二人の仲を取り持とうとする場面など、歌のイメージとは違った人情噺に展開していきます。これは付け足しです。

辞典に「遊里・遊興」の文字が出てきました。この言葉は、『「いき」の構造』の早い段階で出てくるのではないかと想像したのですが、当てが外れました。お堅い学術書としては、この言葉を用いるのに聊《いささ》か気おくれがしたのでしょうか。

遊里は、普通、遊郭（遊廓）と呼ばれ、敗戦後の売春防止法の制定（昭和三十一年五月二十四日法律第百十一号）により、消滅してしまいました。「高尾太夫」もいなくなりました。当時は、野暮な法律を作ったものだと考えた人が少なくなかったと思われます。しかし、その後も、三業界は経済の成長とともに発展していきました（三業＝料理屋・待合・芸者屋）。色々考えているうちに、思考が身近な出来事に移ってきました。

私の住む葛飾区には、料亭と呼んでいいものは、柴又の川甚、川千家の二軒しかありません。私は、そこで開催される地元の工業会、法人会などの役員会に、社長の代理として、それぞれ、年に数回、お座敷に上がりました。私的にも、数回、法事などに利用しました。川甚は、漱石の『行人』、『心』と並ぶ後期三部作と言われる『彼岸過まで』に出てきます。「二人は柴又の帝釈天の傍まで来て、川甚という家《うち》に入って飯を食った」とあります。その他、谷崎潤一郎、尾崎士郎、松本清張の作品にも出てきますので、ご存知の方も多いと思います。

二百三十年続いた老舗の川甚も新型コロナウイルスの影響で、閉鎖されることになりました。先日、

今ならば退職金の払へると「八代目川甚」苦渋の選択（国立市、高嶋肇）

という短歌が新聞に載りました。

料亭では、料理を食べながら、或いは終わってから、箱（三味線）が入り、芸者を揚げて、歌や踊りを楽しみます。遊興です。その最中、又は帰り際に、接待主はご祝儀を出します。これがこの業界では話題になります。その額、渡し方は様々です。料亭の経営者や、芸者の姉さん株にまとめて渡す、歌や踊りを務めた芸者に渡すなど色々な方法があり、金額もまちまちです。ご想像の通り最大の話題は金額です。

「いき」とは、二重否定であると書いた本を読んだ記憶があります。大きすぎず、小さすぎず、多すぎず、少なすぎず、柔らかすぎず、硬すぎず。

この二軒の料亭を利用する中小企業の経営者の中に、有名になった一人の社長がいました。ご祝儀の出し方がユニークなのです。普通、ご祝儀は芸者だけです。それも多ければ

いいというものではありません。普通以上に多いと野暮だと言われます。

この社長は料亭に上がると、芸者は勿論、自分の身近に接する人全部にご祝儀を自分で渡します。仲居、酌婦、お運びさん、果ては下足番、さらに直接には接触しない料理人の一人一人にまでおかみさんを通じて渡します。

その額は、それぞれの職務に従って、段階があるものですが、この社長の場合、いつも決まっていて、誰にでも一人二千円の祝儀袋を渡します。芸者に聞いて分かりました。私は、一度だけ、帰宅するこの社長の靴をそろえて出す下足番に、ご祝儀を渡している所を見ました。

考えさせられるのは金額です。社長は、当初、渡す相手により、金額に段階をつけて渡していたと思われます。芸者を最高額として、差をいくらにするか、かなり厄介で、いつも悩みます。そこで、一律に渡すことを考えました。

さて、いくらにするか、思考の末、二千円としました。最初、この金額を受け取った芸者は少ないと感じたでしょう。ところが誰にでも均一で、普段は貰うことのない人まで大勢ご祝儀を貰っています。合計すると大変な金額です。自分たちの貰い分が、多くの人に渡っています。そういうことならば、止むを得ないと納得しました。三千円では多すぎる。

千円では少なすぎる。総額から割り出しても二千円が妥当のようだ。評判は悪くありません。粋な金額ということになりました。

以上が、この社長のご祝儀が二千円に決まるまでの私の推測です。今から四十年以上前のお話です。

「いき」の対極にあると思われる税金の話の中に気にかかるものがありました。個人所得にかかる税金は、超過累進税率により計算します。文字通り、一定額を超過した金額に高い税率をかけるというものです。例を挙げますと、三百万円までは十%、五百万円までは二十%、八百円までは三十%という具合です。八百万円の所得者の税金は、三十＋四十＋九十＝百六十（万円）となります。

昔の話なので、正確な数字は覚えていません。池田内閣の所得倍増政策などがあって、経済が成長するにつれて個人所得がぐんぐん増えて、税率もぐんぐん上がりました。最高税率七十五%、住民税の二十%を加算すると、九十五%になります。年収五千万円の人が二%百万円昇給すると、九十五万円が天引きされて、手取り五万円が増えるだけです。いくら担税力があるからといって、ひどいことを国はやるものだと思っていました。

常時、日本の所得番付の上位に位置していた松下幸之助さんが、言いました。「昔なら一揆やなあ」と。それが政府の耳に入って、大幅減税が実施されました。

税理士に支払う報酬を節約するため、入社以来、当社の社長の確定申告書を、私が作成していました。この減税が実施された年に、頑健な社長でしたが、長年のアルコール摂取の為、肝臓を患い長期入院しました。社長ですから、六人部屋というわけにはいきません。応接セット付のやや広い部屋でしたから、自己負担金がかさみ、病院への支払いがかなり高額になりました。

確定申告書を作成して、予想はしていましたが、還付請求額の多いのにいささかびっくりしました。減税前の税率により既に源泉徴収されていていた税金が多かったのと、医療費控除の額が大きかったためです。医療費控除をすることにより、還付請求額が減税だけの場合に比べて二倍以上になっています。五百万円近い金額です。

疑問を抱きながらも、そのまま申告書を提出しました。やがて社長の住所の所轄の税務署から呼び出しがありました。私が代理で出頭すると、既に廊下に五人ほど順番を待っていました。私の番になって、担当官の前の椅子に座りました。そのやり取りの一部。

「医療費控除の金額が大きすぎるので、修正してもらいたいのです」

「でも、金額についての制限規定はありませんが」

「社会通念上妥当とする額です」

「具体的にはいくらなのですか」

「社会保険で認める部屋代の一・五倍程度です。それで修正申告してください。ここにあるのは皆さんに修正してもらった申告書です」

と、言って積み重ねてある申告書を指さしました。私の前に呼び出された人たちのものです。税務官僚の熱心な職務遂行の結果、国からの還付金が大幅に減額されました。

私は、「代理ですので、帰って社長に報告して出すようにします」と言って、税務署を退出しました。


社会通念上妥当とする額、この言葉は前にどこかで読んだか、税理士さんから聞いたかして、頭の中にありました。徴税に関する法規は具体的でなければならないはずなので、このような抽象的表現はありません。多分通達の中にあるのでしょう。税務行政が通達行政と呼ばれる所以《ゆえん》です。なかなか意味深長な言葉です。ここで出てこようとは思いもかけませんでした。

私は、納得できないので、社長に報告せずに握りつぶしました。確かに還付請求額は、当時の中堅サラリーマンの平均年収を超える程の高額なものではありますが、社長のこれまでに納めた所得税の総額に比べれば、二%くらいのものです。たまたま大幅減税と病気療養が重なったために高額になっただけで、今後二度と発生するとは思われません。認めてもらってもいいのではないかと考えたのです。修正申告書を提出した方々には申し訳ないと思いながら。

税務署には更正決定という手段があります。決定されても、この場合、還付金が減るだけです。但し、納税者が不服であれば、審判にかけられることになります。私には、そこまでの決心はありませんでしたが、もしそうなれば、署長にとっては、名誉なことではありません。修正申告であれば、勧告によるものであっても自主的提出ですからこうした問題は起こりません。結果を見守っていました。

四月、五月、六月と何の音沙汰もありません。根比べの感じです。七月三十一日、遂に、請求通りの還付金が申告した社長の個人口座に振り込まれてきました。金額が大きいので遅れたようです、と言って社長に報告しました。

還付の遅れは、修正申告に応じない納税者に対する税務署のせめてもの見せしめだったのでしょう。署内で、様々な議論があったことが推測されます。

最近の還付金の返還は大変速くなりました。

三月三十一日が国の決算年度末ですが、大蔵省（財務省）には事務年度というのがあって、七月三十一日が年度末になっています。

もしも、審判事件になったら「社長のように高額所得者で、社会的地位のある人にとっては、この医療費控除額は、社会通念上妥当とする額である」と主張しようかな、と考えていました。

「社会通念上妥当とする額」。野暮な役所の代表格の税務署としては、なかなか粋な表現ではないでしょうか。そう思ってここに取り上げてみました。

現在では、医療費控除の限度額は二百万円となっています。私のささやかな抵抗が、この決定に影響したのではないかという気がします。因みに、現行の所得税の最高税率は四十五%です。この税率の税金を納めてみたいものです。

こんな川柳がありました。


税務署で冗談をいう出前持（高杉鬼遊）『川柳でんでん太鼓』（田辺聖子）

郵便はがき

料金受取人払郵便

新宿局承認

2524

差出有効期間
2025年3月
31日まで
（切手不要）

160-8791

141

東京都新宿区新宿1－10－1

（株）文芸社

愛読者カード係 行

お名前《ふりがな》			明治 大正 昭和 平成 年生 歳	
ご住所《ふりがな》	□□□-□□□□			性別 男・女
お電話番号	（書籍ご注文の際に必要です）	ご職業		
E-mail				
ご購読雑誌（複数可）		ご購読新聞 新聞		

最近読んでおもしろかった本や今後、とりあげてほしいテーマをお教えください。

ご自分の研究成果や経験、お考え等を出版してみたいというお気持ちはありますか。

ある　ない　内容・テーマ（　　　　）

現在完成した作品をお持ちですか。

ある　ない　ジャンル・原稿量（　　　　）

書　名				
お買上 書　店	都道 府県	市区 郡	書店名	書店
			ご購入日	年　月　日

本書をどこでお知りになりましたか?

1.書店店頭　2.知人にすすめられて　3.インターネット(サイト名　　)

4.DMハガキ　5.広告、記事を見て(新聞、雑誌名　　)

上の質問に関連して、ご購入の決め手となったのは?

1.タイトル　2.著者　3.内容　4.カバーデザイン　5.帯

その他ご自由にお書きください。

(　　)

本書についてのご意見、ご感想をお聞かせください。

①内容について

②カバー、タイトル、帯について

弊社Webサイトからもご意見、ご感想をお寄せいただけます。

ご協力ありがとうございました。

※お寄せいただいたご意見、ご感想は新聞広告等で匿名にて使わせていただくことがあります。

※お客様の個人情報は、小社からの連絡のみに使用します。社外に提供することは一切ありません。

■書籍のご注文は、お近くの書店または、ブックサービス(0120-29-9625)、セブンネットショッピング(http://7net.omni7.jp/)にお申し込み下さい。

原本からはだいぶ離れてしまいましたが、もう一つ、全く私的なお話です。珠算塾の友達の一人にSさんという人がいました。私より二歳年上でした。一雄という名前でしたので、藤山一郎のピンちゃんに倣ってピンちゃんと呼ばれていました。

昭和二十年四月、私は、縁故疎開先の茨城県から、中学（旧制）に入学するため、空襲で丸焼けの東京に帰ってきました。その年に、ピンちゃんは、高等小学校を卒業して池袋にある注射器メーカーに就職しました。十四歳でサラリーマンです。

八月、悲惨極まりない戦争に負けて、平和がやってきました。アメリカから映画が続々入ってきました。或る日、ピンちゃんに映画に誘われました。浅草の映画館です。大勝館、富士館、松竹座などがありました。月に一、二回、休日に誘われました。

主として、映画は西部劇です。ゲイリー・クーパー、ジョン・ウェイン、タイロン・パワー、ランドルフ・スコットなどの俳優の名前を覚えました。入場料は、いつも、ピンちゃん持ちです。払いたくても、貧乏学生で払えません。

私の無料映画鑑賞は約三年続きました。

昭和二十三年、中学は五年制でしたが、学制大改革が施工され、六・三・三制となり、希望者は、三年で卒業してもよいということになりました。

家庭の事情を考え、辛さと悔しさで張り裂けそうな胸の痛みと溢れ出しそうな涙を必死になってこらえながら、というようなことは、なくて「弟も妹もいるし、長男の俺は、学校なんざあやめて働かざるを得めえ」と、三月、都立上野高等学校併設中学校を卒業しました。三百三十人の同級生は五人を除いて、全員新制高校の一年生に進級しました。学校はその五人の為に卒業式を挙行してくれました。

海外からの数百万人の引揚者（失業者）に混じって、二か月間にわたり就職戦線を戦い抜いた末に、ようやく就職でき、夜学にも通い始めました。

最初の給料をもらった時、二人分の映画館入場料分を差し引き、残りを全部母親に渡しました。そして、私から初めて、ピンちゃんを映画に誘いました。

それ以後、映画入場料はいつも私持ちです。約三年続きました。約束したわけでもなく、三年間ずつ相互無償映画招待。私は、兄貴に連れて行ってもらうような気持ちで一言も「有難う」のお礼も言わず、口数の少ないピンちゃんも、「すまないねえ」の一言も言わない。

男同士の（子供同士のと言った方がいいくらいの）友情のお付き合いの人生の一コマでした。

この話は、「粋な話」の範疇に入るのではないかと思いますが、どんなものでしょう。

このように『「いき」の構造』を見てくると、「いき」は、日本の建築、絵画、歌舞音曲《かぶおんぎょく》、その他あらゆる芸術の中に現れるだけでなく、戦場や、市民生活の中にまで、深く浸み込んでいることが分かります。

良書とは、読者に多くの連想を引き出させるものである、という私の持論からしても、これは良書であり、名著であることに間違いありません。

芸術も科学も突き詰めていくと抽象化に向かいます。天才ピカソの絵といえば分からないことの代名詞になっていますが、若き日の美人画のすばらしさを見て、それは、この美人画の絵画的究極点のように思われました。

$E = mc^2$ これは、アインシュタインの新相対性理論の公式で、エネルギーは、質量と光速（秒速30万キロメートル）の二乗の積に等しい、と読むのだそうですが、これから原子爆弾が生まれます。物理に門外漢の私には何のことかさっぱり分かりません。ただ、この抽象化された式から原子爆弾が製造されるまでの間に、何百ページかの研究書が存在するであろうことは想像できます。

『「いき」の構造』は、周造が長い期間の研究の末にたどり着いた結論でしょう。表現が抽象的になるのは当然のような気がします。私には時間が（本当は能力が）ありませんので表面的になぞっただけになりました。

今年は九鬼周造が亡くなって八十年。ご冥福を祈りながら、筆を閉じます。

（令和三年四月）

左側通行

六月二十八日、千葉県八街市で、下校途中の小学生の列にトラックが突っ込み、児童五人が死傷する大きな交通事故が発生した。遺族の悲しみは計り知れない。現場は幅六メートルの歩道のない道路上である。

車は左側通行、人は右側通行、正面衝突の形で事故は発生したと推測される。人も車も左側通行であれば、事故は起こらなかった可能性がある。

元来、人も左側通行であった。武士は左側に刀を差す。右側通行では行き違った時に鞘がぶつかり、斬りあいになる恐れがある。それに加えて、左側通行の方が、右側の空間が広いので、護身上、安心感がある。そういうことで左側通行が決まった（らしい）。

敗戦後、占領軍は右側通行を指令した。トヨタ自動車の重役が、上記のような歴史的経過を懇切丁寧に説明して、頑強に反対した。それではと、ＧＨＱは、メンツもあったのだろう、日本の道路事情も全く考慮に入れず、人だけ右側通行とした。多分、戦後政策の失敗の一つと言っていいだろう。

私の住む葛飾区には、環七、水戸街道（国道六号線）、灌漑用水路を埋め立てて造った広い道路以外、殆んどの道路に歩道がない。全国どこでも同様であろう。

狭い道路で、人と自転車が行き交うと、自転車は左に寄ろうとし、人は右に寄ろうとするから、ぶつかりそうになる。それで、私は歩道のない道路では、左側を歩くようにしている。

国は全国自治体に安全点検と対策を指示しているが、その前にやることがある。右側通行を左側通行にすることである。信号機や道路表示板は設置に費用が掛かる。予算措置も講じなければならない。

右、左の決定権がどこにあるかわからないが、可及的速やかに決めてもらうことを希望する。過去の歩道のない場所での事故発生状況を詳細に調査すれば、この変更により、どのくらいの割合の事故が発生しないで済んだか推測できるはずである。今度の事故を見ても、それが〇《ゼロ》に近い数字とは思えない。

交通事故による死亡事故の悲劇を少しでも減らすために、予算措置の必要のないこの決定に向けて、関係者が今すぐに行動を起こすことを切に希望する。

（上記の文章を、自民党、公明党、立憲民主党に送りました。自民党からは、貴重なご意見に感謝するという丁寧な返事が来ましたが、公明、立憲からは、なしの礫《つぶて》でした。）

天才彫刻師野口昇市郎社長

〈彫刻ロール〉

第一勧業銀行（現みずほ銀行）の葛飾支店に赴任してきたベテラン支店長が旭ロール社を訪問して言いました。

「私は、物作りに興味がありましてね、行く先々の支店の取引先の全部の製造会社には必ず訪問して、製造過程を見学させてもらいました。業界紙も色々読みましたし、それで、日本で製造される製品で知らない物は無いと思っていたのですよ。ところが当店に来てびっくりしました。それがあったのですね。彫刻ロールとは一体どんな物ですか。みせてもらえますか？」

仕上がったロールは、すぐに梱包して出荷してしまうのですが、この時、たまたま、梱包直前のロールがあったので、総務部長の根本は、支店長に見てもらいました。

「いやぁ、これは立派なものですね、まるで芸術作品ですね」

普通、艶消しメッキをかける場合が多いのですが、艶出しのクロームメッキをかけて、光り輝いている製品に、支店長は感嘆の声を上げました。

「作った我々でも売るのが惜しくなりますよ」と、根本。

ロールにより型押しされて浮彫模様をつけられた製品、例えば、型板ガラス（透明ガラスを並板、模様の付いたガラスを型板と呼びます）、革しぼ模様のエンボスされたハンドバッグ、カバンのような皮革製品、ビニール製品などのない家庭は、無いと思います。

彫刻ロールは、この模様をつける製造工程の一工具として使用されるだけですから、一般の人の目に触れることはありません。ですから、関係者以外は、だれにも知られていないというわけです。

〈大将と兵卒〉

普通、天才と呼ばれる人は、長と名の付く役職には就かないものですが、野口昇市郎（一九一〇～一九九一）は、昭和二十一年、個人事業から法人に改組して社長就任以来、亡くなるまで現役の社長を通しました。これだけでも極めて特異な人物でした。根本は、この社長に二十三歳から、八十一歳で亡くなる迄、三十六年間、身近にお仕えしました。
簡単な計算をすればすぐに分かりますが、
八十一引く（二十三＋三十六）＝二十二
社長と根本の年齢差は二十二歳です。根本は、父親の二十四歳の時の子供ですから父親とは二歳しか差はありません。親子ほどの年齢差です。
根本は、当初、昭和二十八年十月に社長の設立した宝成信用組合（昭和五十六年、第一勧業信用組合と合併）に、設立されて二年半後に入組し、三年ほど勤務しました。そして、会社と信組は組織が違うので、転勤ではありませんが、実質、転勤の形で、社長の経営する旭彫刻ロール工業株式会社（現旭ロール株式会社）に勤務することになりました。会社の主たる製品は、前述した、一般には、なじみのない金属彫刻ロール（steel embossing roll エンボスロール）です。
勤め始めて三日目ぐらいに、根本は、社長に呼ばれて「黒田常務のやることをよく見ておくように」と言われました。技術でも事務でも、先輩のやることをよく見ていることが基本ですから、この当たり前すぎることを改めて言われたことが不思議でした。黒田常務は同じ区内にあった武井バーナーという会社の常務をしていましたが、会社が倒産してしまったので、当社にくるようになったということでした。

ところが、根本が勤務して、半月もしないうちに、黒田常務は会社を辞めてしまいました。長年、会計係として会社に勤務していた女子事務員の話から、根本は次のようなことがあったことを想像できました。

経理責任者の黒田常務が、決算が終わり、社長に決算内容を説明していた時に、社長が、元帳をびりびりと破いてしまいました。黒田常務は憤然として帰宅してしまいました。三日後、社長は、女性事務員に黒田常務を呼びにやりました。会社に来て、社長室で社長と二人きりで向き合った黒田常務は、

「会計帳簿というのは経理マンにとって、武士でいえば、刀のようなものです。刀は武士の魂です。その魂を破かれてしまったのでは、仕事をするわけにはいきません」と、言いました。

社長は、「わしが悪かった、謝るから今まで通り会社に来て仕事してくれ」とわびを入れ、この場を納めました。

決算説明の時に、大きな利益が出ているのになぜ、税金を払う現金（預金）がないのか、黒田常務の説明が十分ではなくて、色々、社長とのやり取りの中で、四十代の血気盛りの

社長を怒らせてしまったのでしょう。それにしても、会社の大事な帳簿を破いてしまうというのは尋常ではありません。

そういうことがあったあとでは、そのわだかまりが完全に拭いきれないまま、過ぎて行ったことは想像に難くありません。

黒田常務の仕事が、経験のない根本に全部降りかかってきました。説明書を読んだだけでは分からないところも出てきます。彼は、都税事務所に提出する償却資産税の申告について お宅に訊きに行きました。

「戸棚に全部控えがありますから見れば分かります」

と、けんもほろろの挨拶です。「この若造に何ができるものか、やれるものならやってみろ」と、いわんばかりの雰囲気です。社長とのけんかの、とばっちりを、まともに受けてしまいました。社長はこういう事態の起こることを予測していたのでしょう。彼は、入社三日目に社長に言われた言葉の意味が判明してきました。困ったのは、見ている時間が全くない内に事態が起こってしまったことです。

だんだん分かってきたことですが、自分の受け持つ仕事の領域の広さに驚きました。仕事の多さもですが、その守備範囲の広さに、です。まず、学校や職業安定所への社員募集の事務と社会保険関係の仕事です。

人が入社、退社すると、労働者名簿、源泉徴収簿の作成。健康保険、厚生年金保険、雇用保険の資格取得届又は、資格喪失届の提出。

現場に怪我人が出れば、労働者災害補償保険の証明書を作成し医者に連れて行く。消防署の検査点検の立会い、労働基準監督署の定期検査の立会い。

年に一回ですが、社員旅行の立案、旅行会社との交渉。後になって現れる水質汚濁防止法による、排水の水質管理と検査の立会い。

そして、最も重要で量的にも、最も多い決算書類の作成事務。更には、工場建設から事業撤退の整理業務など、これらのことが、何の説明も指導も受けないまま、全部、彼の肩にのしかかってきたのです。

〈工場立地〉

地元には、従業員数人、数十人、数百人の中小工場が約七十社ありました。青戸工栄会（現白鳥工栄会）という団体を組織し、月に一、二回会合を開いていました。そこに出席して分かったことは、どの工場にも、ナンバーツーと言われるような人がいて、製造、販売以外の前述したような煩雑な事務を一人で引き受けていることでした。人のできることが自分に出来ないわけがない、と、彼は発奮させられました。

この工栄会の発生までのいきさつを書いてみたいと思います。

京成電鉄では、昭和六年に日暮里上野間の延伸工事に着手しました。上野の山をくりぬく地下線です。その大量の土砂の処分先として、お花茶屋駅の北側にあった大きな池に目を付けました。そこは、毎年、冬には白鳥が飛来する、のどかな田園地帯でした。

その埋め立てに付随して、近隣の青戸二丁目の広大な農地を整理することを企画し、土地整理組合が発足しました。最終目的は、ここに工場を誘致し、その通勤者による電車の利用客の増大であることは明白です。

ついでながら、この上野の山のくりぬき土砂の埋め立てでできた町が、もう一つあります。千住大橋駅から隣の町屋駅に向かうと隅田川の鉄橋を渡ります。その手前の線路の北側に広い湿地帯がありました。ここを埋め立ててできたのが千住緑町の一部です。ここに西千住という駅がありましたが、その後廃止になりました。

青戸二丁目は、後に住居表示法の制定に基づき白鳥と改名されました。現在の白鳥二丁目、三丁目及び四丁目です。新しい地名決定には、どこも色々な意見が出てなかなか決まらなかったそうですが、ここは前述の白鳥の飛来に因み、呼び名も綺麗だということで、全員一致の賛成で決まったそうです。

やがて、土地整理事業も順調に進み、京成電鉄では、土地の分譲を始めました。当時、社長は、向島に小さな工場を持っていました。昭和九年、二十四歳の時に建てたものです。旭製作所という名称でした。大阪府三島郡味生村の田舎から小学校を卒業して、初めて丁稚奉公に入った店が大阪市旭区にあったので、そのように名付けたのでした。工場が手狭になったので、広いところに移転したいと思っていた矢先でしたから適当な場所を探し求めました。

社長が購入を決めた土地は、水戸街道から、北西に向かって二、三百メートル入った一角で、約千六百坪ありました。門の位置が東南に向かって開き、辰巳の門と言われる縁起の良い、車の出入りしやすい立地でした。

当時の事業規模としては二百坪もあれば足りたでしょう。個人の借財として、二万円を超える額は、かなりの金額ですが、二十年年賦という長期契約なので返済できるという見通しを立てて決定したものでしょう。それにしても、必要面積の八倍という広さを求めるというのは尋常ではありません。

ところが、三十年後、事業が拡大し、松戸に同程度の広さの土地を購入することになります。

昭和十四年、旭製作所は、この地に移転しました。当時の番地は葛飾区青戸二丁目一九二二番地でした。

中小工場が続々移転してきました。準工業地域でしたから住宅も増えました。これが工業会発祥の経緯です。一番広い工場が、お花茶屋駅前の北島ゴム工業で、約六千坪ありました。現在は、広い公園になっています。地下は駐輪場です。その他の大きい工場としては、旭ロール、愛国鍍金、三栄金属、キングペイント、都築ばね製作所、田辺染晒《そめさらし》、森田製作所などがありました。八十年後の今では、多くの工場が移転し、その跡地はマンションになっています。

〈社会入門〉

大変遠回りをしてしまいました。これからが本題です。社長の幼名は丈吉といいました。野口家の男ばかり五人兄弟の末弟に生まれた丈吉少年は、小学校を出て、大阪市内のいくつかの商店に勤めたのち、大正十四年に設立された京都の北村彫刻所に弟子入りしました。

ここで、金属彫刻の技術習得の修行をします。この彫刻技術を身に付けるのが大変で、極めて稠密《ちゅうみつ》な神経と繊細な感覚を必要とします。これが丈吉の性に合っていたと思われます。めきめき腕を上げていきます。

北村彫刻は、着物の生地のプリントに使用される捺染《なっせん》ロールを作っていました。捺染ロールを作るためには、インク溜まりの溝をつけるための原型《げんがた》というものを作らなければなりません。原型の材料は、軟鉄のロールに回転の為の軸受けのついたもので、大きさは図柄によって様々で、おおよそ、直径三センチから八センチ、長さが七センチから二十センチです。その表面にグレーブという工具で模様を彫りつけていきます。

ここで、業界用語について述べます。原型彫刻の技術は、ドイツから伝わったもので、カーマイケルとかバンバーという彫刻師がいました。丈吉が直に教わったわけではなく、はるか前の先輩が直接指導を受けたようです。

当然、用語の大部分はドイツ語ですが、これに英語が加わって、何語かよく分からないものがあります。まず、原型ですが、最初に彫ったものをダイスと言います。それで、彫刻師のことをダイカッターと言います。

ダイスは当然、凹型です。これは捺染ロールと同じ型ですから、これで捺染ロールを作るわけにはいきません。ダイスを焼き入れして、同径のロールにクライミングマシンという機械で、反対の凸型のものを作ります（アメリカ人はクランピングと発音します）。これを焼き入れしたものをミル（母型ロール）と言います。

このミルを用いて、銅ロール表面にロール彫刻盤上で圧刻して、捺染ロールを製作します。このロール彫刻盤のことをバンコと呼んでいました。彫刻盤の盤にベベッコなどのコという接尾語が付いてできた言葉だろうと推測します。

数年後、北村彫刻の信任が厚くなった丈吉は、社長の代理で捺染ロールの納入先である高瀬染工所に注文取りに行きます。五、六人の同業者が来ていました。営業部長が見本を示して、一人一人に見積額を言わせます。そして、最低額を提示したAを指定して、「はい、これで決まりました。他の会社さんはお帰り下さい」と言いました。

横暴とも言えるようなこの決め方に唖然とした丈吉は帰社して、社長にこの状況を説明しました。社長は「そうか、ご苦労さん」と言っただけで何も言いませんでした。この時、丈吉は、決心しました。自分の作ったモノの値段を自分で決められないような仕事はダメだ。俺は自分で作った物の値段は自分で決めるような仕事をしたい、と。

やがて、丈吉は東京へ出る決心をします。周りの者は、東京は、捺染ロールに関しては場末で、本場は何といっても京都である、京都で仕事をした方がいいと言って止めますが丈吉の気持ちは変わりませんでした。

数年前に東京へ出た先輩を頼って東京に着いた丈吉は、その紹介で、一人前のダイカッターとして武田彫刻という会社に就職します。ここで、丈吉のその後の生涯を決め、天才ぶりを発揮することになる仕事と出会います。皮革エンボス用の鉄平板型（エンボスプレート）の彫刻の仕事です。

〈銅から鉄へ〉

エンボスプレートは、この時代、ドイツから輸入されていた。主として、トカゲ、鰐、蛇などの爬虫類の柄で、非常に高価であった。この仕事が佐藤皮革会社から、武田彫刻に注文されたのである。武田社長は、入りたてながら、腕の立つ丈吉にその仕事を言いつけた。

しかし、指導者もいなければ、指導書も皆無である。わずかに、佐藤皮革の社長の口頭での不確かな彫刻法の説明だけで、丈吉は、仕事に取り組むことになった。

捺染ロールの場合、グレーブを使うが、エンボスでは、主としてハンマーと鏨《たがね》を使う。様々な形状の鏨を使わなければならず、それらを自分で工夫して作らなければならない。銅から鉄への転換であった。

一見、何でもないように見えるこの技術の転換には、極めて困難な問題が内蔵されていた。捺染ロールの場合、彫刻の目的は、布地にプリントするための染料溜まり用としての凹みを作ることである。

従って、凹みの連続によって柄が構成されていくが、凹凸そのものがレリーフとして柄となるわけではない。確かに凹凸の深浅によって色の濃淡は現出するが、捺染ロールに写真製版法によるグラビアプリントロールの持つ連続諧調を要求することは無理なので、その彫刻法も複雑とはいえ、エンボスに於ける程のシビアな考え方と、高度な技術は必要としないと言っても過言ではない。

それに比べて、エンボスの場合の彫刻は、凹凸そのものがレリーフとして柄を構成しており、どんな線一本といえども、重大な表現力を持ち、捺染ロールに於けるような、染料により多少の不規則な線は埋没してしまうというようなことは全くない。

更に、皮革柄の彫刻の難しさは、その複雑なシボの高低の表現とダイス上の継目終生技術であった。

平面上での修正ならまだしも、丸い円筒状のロールの上で、これをなしとげねばならない困難さは言語に絶するものがあった。正に天才的手腕を要求されたのであった。

苦労を重ねた末に、丈吉はエンボスプレート用のミルを完成させます。ミルさえできれば、鉄板に圧刻する作業は比較的に易しい。武田彫刻が収めたエンボスプレートは、佐藤皮革の社長に非常に喜ばれました。やがて複雑な革しぼ模様のエンボスプレートも完成させました。

ところが、一年も経過しないうちに、木下という彫刻師が武田彫刻を訪れ、

「エンボス用のダイスを彫れる彫刻師が五人います。全員、お宅の会社で仕事がしたいので採用していただきたい」

と、申し出てきました。武田では仕事も忙しくなってきましたので、その申し出を承諾しました。更に、野口丈吉は不要なので辞めさせてほしいということも承諾しました。エンボス用のダイカッターもぼつぼつ現れてきましたが、継目修正技術に関しては丈吉とは雲

泥の差がありました。

会社を辞めさせられた丈吉は路頭に迷いました。捨てる神あれば、拾う神あり。この時、佐藤皮革の社長は、こう言ってくれたのです。

「ウチの仕事は、君が開発したものだ。これを機会に独立したらどうか。工場設立の資金は私が出してあげる。返済は、長期で、うちの仕事をして返してくれたらいい。勿論、他社の仕事も引き受けていい」

丈吉は感謝の涙にくれました。こうして立ち上げたのが前述した二十四歳の時に建てた旭製作所です。ですから、正確には、これは佐藤皮革の社長に建ててもらった、というべきものです。

〈独立の機運〉

仕事も順調に進み、機械も増設し、職人も何人か採用するようになりました。幸運の女神に気に入られた丈吉は、翌年、昭和十（一九三五）年に大変なご褒美をもらいます。旭硝子からの型板ガラス製造用ロールの彫刻加工の注文です。

同社では、鶴見工場で型板ガラスの製造を開始することを企画し、その責任者として東京大学の応用化学出身の新進気鋭の佐藤止戈夫氏に白羽の矢を立てました。佐藤氏は、この彫刻は非常に重要なので、自社で開発しなければ駄目だと考えて、機械を求めてドイツのミュンヘンにあるフリードリッヒ・デッケル社を訪問しました。

デッケル社では、佐藤氏の話を聞いて、

「ウチの彫刻機械では、ご要望のデザインを彫刻することは難しいと思う。但し、同様の趣旨で、日本の旭製作所という会社に一台納入しているので、そちらで話を聞いてみてはいかがか」と言いました。メーカーの良心です。

佐藤氏は、帰国してすぐに、デッケル社の日本駐在員と輸入をした商社の担当者と一緒に旭製作所を訪ねました。機械の使用方法を訊かれた丈吉は、実際に使用している所を見てもらいました。

デッケル社の機械は、丈吉が考えていたほど便利なものではなかったのです。両肘をしっかりと固定し、右手で機械についている鏨の先端をつかんで、あやつり彫りの方法で模様を彫刻して見せました。「あやつり彫り」とは丈吉の発明語です。

これを見て駐在員は言いました。

「いや、驚きました。この彫刻方法は機械の仕様にはありません。もともと、この機械は、幾何学模様を彫るために開発されたもので、高低の複雑なこうしたデザインを彫るためのものではありません。このような使い方のできるのはあなた一人です。正に天才です」

佐藤氏と丈吉は、さらに話し合いを続けた結果、技術者としての長所をお互いに認め合い、只、一度の会合で、すっかり意気投合したのでした。二人は、しっかりと握手し、そして佐藤氏は言いました。

「よく分かりました。ロール彫刻の仕事は一切あなたにお任せしましょう」

こうして、旭製作所の将来の発展を約束するような安定した大きな仕事が、舞い込んできたのでした。両社の社名の頭文字は、共に「旭」です。偶然の一致とはいえ、人の運命によくあるように、両社は、いつか出会うように運命づけられていたような気がします。

両社の関係は八十七年後の今も続いています。

〈エンボスロール開眼〉

板ガラス製造用に使用されるロールは、捺染ロールに比べて、その数十倍もあるような巨大なものです。直径四百ミリ、長さ約三メートル。ロールは、旭硝子で製作され、旭製作所に支給されます。そのロールを載せて加工作業ができるような大きなバンコ（鉄ロール彫刻盤）が必要になります。

借金は増えますが、見通しは立っています。設備の増設は不可避です。丈吉は、バンコを二台和歌山の立花製作所に発注しました。

最初に受けた注文の型は「石目《いしめ》」、「木立《こだち》」、「ダイヤ」、「露玉《ツユダマ》」、「銀格子《ギンゴウシ》」でした。ロールが大きいだけに、ミルも大きくなります。ロール径に適応するミル径の設定、ダイスの大きさ、天地方向、横方向の継目の修正の問題、焼き入れの問題、クライミングマシンも大型にしなければならない。問題は山積しています。一つ一つ解決しながら、注文したバンコが届くまでにミルを完成しなければならない。既に受けている注文品も完成しなければならない。職人を督励しながら、不眠不休の努力が続きました。

やがて、機械が届き、ミルが完成して大型ロールの彫刻作業が始まりました。それは単に仕事が大型化したというだけではなく全く新規の仕事の開発に近いものでした。ダイスの製作以外は、すべて、丈吉が一度やって見せて、職人に引き継いでもらわなければならない。

旭硝子向け彫刻ロールの第一号が完成した時、丈吉は、感無量でした。価格を決めていません。旭硝子から見積書を出すように言われて、丈吉はやや高めに書きました。その苦労と努力を知っていた佐藤氏はそれをそのまま承認しました。昔、決心した通り自分の作った物の値段を自分で決めたのでした。エンボスプレートの仕事に比べ、はるかに有利な仕事でした。

因みに、佐藤氏は、昭和三十九年七月、三菱化成工業の社長在職中六十一歳の若さで多くの人に惜しまれながら天界の人となりました。

〈時代背景〉

時代は、昭和六年、満州事変。七年、五・一五事件。八年、満州国設立。十一年、二・二六事件。十二年、支那事変と戦時色を強め、さらに国連脱退から三国同盟、そして、司馬遼太郎言うところの「狂気の集団」に率いられた日本は、十六年十二月八日、遂に、無謀な太平洋戦争へと突入します。

「ぜいたくは敵だ」「欲しがりません、勝つまでは」の標語の下、平和産業は次々に中止となり、軍事産業一色となりました。旭製作所も例外ではなく順調だった仕事は、全部無くなり、中嶋飛行機で使うバイトの製造の仕事に転換しました。更に仕事を増やすために、丈吉は、豊川にある海軍工廠《こうしょう》に足を運びました。

注文を取るために、海軍省の発注担当者を接待しなければなりません。丈吉は、接待は初めてです。浅草の草津亭に行き、事情を話して、

「実は、初めて利用させていただくのですが、常連のように扱っていただけませんか」

と、女将に頼みました。女将は、若いながらも飾り気のない正直そうな丈吉に好感を寄せ、よく協力してくれました。当日やって来た軍人は、いずれも海軍兵学校出身の尉官で、三人とも酒豪でした。こちらは一人です。杯が回るうちに、丈吉は何度かトイレに行って、のどに指を突っ込み、飲んだものを吐きました。受注の件は順調に運びました。

戦況の方は、ハワイの奇襲、マレー沖海戦の成功と初戦の勝利、「香港破り、マニラ抜き、シンガポールの旗風に、今、翻《ひるがえ》る日章旗」と、国中が浮かれていたのも、つかの間、半年後のミッドウェイ海戦で、海軍は空母四隻、航空機三百機を失う壊滅的大損害を受けました。

その後の海戦で日本は一度も勝利することはありませんでした。大本営は、その被害一切を隠し国民に知らせませんでした。常に、「わが方の損害軽微」でした。戦後、「大本営発表」は嘘の代名詞になりました。

昭和十九年秋から始まった日本本土空襲で、東京、大阪を始め、主要都市は大型爆撃機

Ｂ29の無差別爆撃で焼け野原となりました。沖縄陥落、ヒロシマ、ナガサキに非人道的な原爆投下、軍民三百数十万人の尊い犠牲者を出し、二十年八月十五日、日本はポツダム宣言を受諾し、連合軍に無条件降伏しました。

〈戦後の復興〉

敗戦の混乱の中から復興の声が各地に上がります。ゼロからの出発です。軍需工場はすべて閉鎖となりました。旭製作所と取り引きのあった中嶋飛行機は、原材料や資材を下請け工場にどれでも好きなだけ無償で持ち出してよろしいと許可しました。丈吉は、戦争に負けた日本は、これからは農業国になると考えて、鋤や鍬などの農機具を作るための鉄板をトラック一台分貰ってきました。

ところが、これは大変な仕事で、一本、一本、農民の背丈に合わせて柄の長さを決めるなど、全部注文生産なのです。工場で引き受ける仕事ではありませんでした。

苦労をしている時に、向島で会計事務所を開設した専修大学出身の若き税理士が、これからは葛飾区が発展すると見込みをつけ、青戸地区の工場に株式会社に改組するように勧めてきました。

説明に納得した丈吉は会社設立を依頼し、社名も旭彫刻ロール工業株式会社として、昭和二十一年八月、名実ともに会社社長となりました。以下、元に戻って社長と呼ぶことにします。

この佐藤会計事務所が手掛けた多くの事業所が発展するとともに、会計事務所も拡大を続け、最盛期には女子事務員三十名以上を抱える大きな会計事務所になりました。

〈エンボスロールの拡大〉

そうこうするうちに、昭和二十三年、旭硝子が、型板ガラスの製造を再開し、旭ロールはロールの彫刻の仕事を再開することになります。急遽、機械設備を整え、元の仕事に復帰することになりました。社長にとっては、水を得た魚の如くと言っていいでしょう。

昭和二十五年初頭、社長の天才的技能を要求される新しい仕事が旭ロールに持ち込まれてきました。それは、塩ビ製品に関する日本のパイオニアである川口ゴム工業（現ロンシール工業）の山田桜博士と斉藤静蔵氏からのＰＶＣ（ポリ・ビニール・クロライド、塩化ビニール、以下塩ビ）にエンボスするためのエンボスロールの注文でした。

両氏は、戦時中、海軍から皮革に代わる硝化綿レザーの開発のために川口ゴムに派遣されていた技術将校でした。その縁で戦後、川口鷲太郎社長の要請で、同社の役員に就任していました。葛飾区四つ木にあった川口ゴムは、同社長の創業の会社で、使い勝手の悪い氷嚢に代わる、丈夫なゴム製の水枕を開発し、それが大ヒットして会社の基礎を築きました。

塩ビは、硬質と軟質に分かれ、前者は主として建築資材としての塩ビ管、塩ビ板を指し、後者は、厚さ〇・二ミリメートル以下のものをフィルム、それ以上の厚さのものをシート、布を裏張りしたものをレザーと呼び、いずれもエンボスロールでエンボスされます。

この頃、既に、塩ビレザー用のエンボスロールは、西ドイツのドルンブッシュ・マシーネンファブリックス社から、三菱商事を通じて、日本に輸入されていました。これは、同社のエンボス機と同時に輸入されていたもので、その後は、エンボスロール単独で輸入されていました。

川口ゴムでは、このロールは納期が長く、かなり高価なので、なんとか、国産化ができないかと考え、既に型板ガラスのロールを彫刻していた旭ロールに製作を要請してきたのでした。

社長は、エンボスプレートの開発の時に苦労して身に付けた皮シボの継目の修正技術があったので、この要求に応えることができました。時代の流れで、塩ビレザーの需要は増大していきましたが、何分にも、手工的作業を中心とする製作工程では、供給が間に合わず、品質的にも高度化する要求に応えることができませんでした。

昭和十一年頃、社長は既に、人工彫りは、人間の技術に限界があり、どれほど熟練しても、各種の皮革、魚皮等の天然柄は写実的に言って、その六十%ぐらいしか生かせない、百%生かすにはどうしても化学的応用を用いなければならないと研究を始めていましたが、うまく考えがまとまらず、戦時体制に入ったこともあって、未完成に終わっていました。

その後、十数年を経て、社長は、前述の宝成信用組合の鹿谷義一常務理事と同行して、東京帝大の工学部の教授を訪問しました。そこで、この問題解決の最適任者として東京工大の向井正夫教授を紹介されました。

ここで、鹿谷常務理事について少し付言したいと思います。

鹿谷氏は、都立両国高校（旧府立三中）の校長に就任していた昭和十九年に東京都知事から葛飾区長の就任を要請されました。東京高等師範学校出身で優れた教育者であり、東京市視学も歴任された氏は、既に将来の東京都視学の候補者でした。当時の区長は知事の任命制でしたが、戦争末期の敗色濃厚な中で、区長就任を受諾する人が皆無だったのです。都知事の窮状を察し、男気のある鹿谷氏は、畑違いの役柄ではありましたが、快く区長就任を引き受けました。

後日、氏は、

「区長と言っても主な仕事は、重要書類を空襲からどこに避難させるかということだけだったよ」

と、笑って言っていました。僅か一年足らずのこの区長就任が、鹿谷氏の人生を大きく狂わせます。

敗戦後、ＧＨＱは、多くの人を公職から追放しました。その中に鹿谷氏も含まれていました。数年後、しかるべき理由をつけて、ＧＨＱに追放解除の申請をすれば、多くは許可されました。その措置の行きすぎを認めたのでしょう。氏も周りからそれを勧められましたが、剛直な鹿谷氏は、仮にもいったん追放された身は、元に戻るべきではないと浪々の生活を続けていました。時代の流れとはいえ、多くの生徒を軍人にした反省があったのでしょう。

官舎を出なければならなかった鹿谷氏に、社長は空いていた社宅を提供しました。ご長男崇義さんはここから東大に通い、卒業後、都庁に入所し、後年、職員の最上位の副知事に就任しました。

社長は、宝成信用の設立にあたって、此処の役員は公職ではないので、と、就任を要請し、鹿谷氏は常務理事に就いていたのです。前職を知り、温厚な人格者の鹿谷氏を、職員を始め、得意先の誰もが、名前や役職を呼ばず、氏を「先生」と呼んでいました。そう呼ばれるのに相応しい人柄でした。

鹿谷常務が亡くなられた時に、ご学友、教え子、仕事上の関係者などから多くの追悼文が寄せられました。その寄稿者は二十九名で東京高師の同窓だった木村教雄氏により『追憶』と題して編集されました。

この追悼文の中で使われている文字を列挙してみます。

飾らない、磊落《らいらく》な御性格。信念の人。威張らない男。感謝の気持ちを忘れない男。人徳がある。誠実朴訥。開拓前進。人格高潔、円満温厚。親切、寛容。素朴なユーモア、爽やかさ。真摯で世話好き。大人の風貌。クラスの重鎮。竹を割ったようなあっさりした性格。

追悼文には多くの褒辞《ほうじ》が寄せられるのが常ですが、ここに書き上げた言葉を読みますと、どれもがピタリと当てはまり、一言では表現しきれない先生の人間としての高さ、広さ、奥行きの深さが偲ばれて、先生と出会えたことの喜びを一層感じるのでした。

因みに、根本の卒業した都立商科短期大学（のちに都立大と合併）の今村直人学長は、都立第三商業高校の校長を歴任しており、鹿谷先生との縁で宝成に就職したのでした。


〈天然彫刻の完成〉


閑話休題。やがて、向井教授の指導の下、試行錯誤を繰り返した末に、革しぼの鉄電鋳板の製作に成功しました。しかし、それから先に難問が控えていました。

手工的に彫刻された革しぼ模様とは比較にならない複雑微妙な表面模様のミルを作るために、その天地方向と横方向の柄のつなぎ目をどうやって修正するかの問題です。

ご自分の手のひらをじっと見つめてみてください。生命線やら運命線が縦横に走り、その深さ浅さは微妙です。動物の皮には、更に細かいしわや毛穴があります。電鋳板製作の為に切断されたその線を肉眼では分からないようにつながなければならないのです。

つなぎ目が目立てば、人工であることが分かり価値がなくなります。塩ビレザーの長尺巻き取り物にエンボスするためには是非とも必要な修正技術でした。捺染ロール、エンボスプレートのダイカッターとして磨いた社長の腕がここに生きてきました。この難関を天才は見事に乗り切ったのでした。

この開発は、「天然模様彫刻ロール製造用母型ロールの製造法」として、昭和二十九年七月十二日に特許出願され、三十一年九月六日付で特許番号第二二五〇七二号として登録されました。

この天然彫刻ロールの完成は、業界に大きな反響を呼び、その品質向上に寄与すること大なものがありました。外部の声を聴いてみましょう。

昭和三十年一月二十八日付で、塩ビ業界の双璧である川口ゴム工業(現ロンシール工業)と興国化学工業（現アキレス　殿岡利男社長）から授与された感謝状の一部をここに紹介します。

貴殿は、夙《つと》に彫刻ロールに関し、ビニール業界に貢献するところ大でありましたが、今回鏤《る》骨《こつ》砕身遂に天然革しぼを巧緻よくロールに移す特殊加工技術を達成し、当社のビニール製品の革しぼ模様を一層精華あらしめ得ました事は貴殿が当社の希求と意図を入れ、独創的工夫を発揮せられたことによるもので（後略）

川口ゴム工業株式会社

貴殿はその優秀なる技術を以て苦心研究の結果（中略）ビニール製品に絢爛たる光彩を副え、為に当社ビニスターの名声を江湖に高からしめ得ましたことは貴殿の研鑽と独創とが遥かに他の追随を許さざるものであり（後略）。

興国化学工業株式会社

ありふれた感謝状の表現とは趣を異にするこれ等の文意からも天然革しぼロールの出現は、社長の努力と創意の結実であり、如何によく業界の要求に応えたものであるかを思い図ることができます。因みに、その後に旭ロールが受けた感謝状を列記しますと、

昭和三十二年　旭硝子
三十七年　東永化成
三十八年　日本レザー

四十年　　旭硝子
四十一年　金町ゴム工業
昭和四十二年　東洋鋼鈑
四十四年　三菱重工業
同　年　日本ハードボード工業
四十五年　共和レザー
同　年　大和護謨製作所
同　年　共栄ビニール工業
同　年　三菱重工業

等があり、特筆すべきは、日本の金属表面技術に関し、最も権威のある社団法人金属表面技術協会（会長麻田宏）から昭和四十年度「大塚賞技術賞」を受賞されたことです。これは、武蔵工大の呂戊辰教授と東京工大の佐藤正雄教授の推薦により「天然模様彫刻ロールの製造技術の確立」に対して与えられたものです。

社長の経営感覚の鋭敏さの一つに概算把握能力があります。景気は変動の波で落ち込む

こともあります。注文が落ち込みました。月末近く、事務所にやってきて、

「今月は悪いな。三千万ぐらいか」

と、言いました。社長は帳簿を見ることはありません。その数字は実際と十％の差もありませんでした。

産業の発展とともに、各工場は手狭となり、美濃部都政の工場追い出し作戦もあり、多くの工場は近県に土地を求めて移転していきました。当社は広い土地がありましたので、次々に拡張していきました。その為出遅れた感がありました。土地の購入を進言しましたが、「土地は無くなりはせん」と言って見向きもしませんでした。すぐ必要でない土地の為に金利を払う無駄を考えたのかもしれません。

遂に、増加する注文に応えるため、都外に土地を求め、工場を増築しなければならない事態になりました。提言をすると、いきなり、

「三億円もかかるぞ」

と、言いました。これまで借金を厳禁し自前ですべてやってきました、
根本が驚いたのは、金額ではなくて、その額が、土地購入費、工場建築費、機械の増設及び移設費等、綿密に計画を立ち上げて積み上げた予算と一致したことでした。全く、勘

によるものと思われます。その鋭さには敬服の外ありませんでした。積立金もあり、予算の半額の借入金と返済計画について社長の承認が下り、計画を推進しました。

〈信用組合の設立〉

昭和二十八年に、社長は、ひょんな経緯から信用組合を設立しますが、これは簡単なことではありませんでした、先ず、個人資産一千万円以上の発起人を十名以上集めなければなりません。当時の金額としては相当なものです。仕事上、交際範囲の狭い社長にとっては大変なことでした。

幸い、一番の得意先の川口ゴムは区内の中小企業のトップに位していました。川口社長に、資産家の紹介を懇願しました。前述の感謝状にあるように、優れたエンボスロールを供給していることもあり、川口社長は快く紹介を引き受けてくれました。そのおかげで、十人を集めることができました。一つだけ条件を付けられました。一切、政治に関与しないということでした。野口社長は、終生、この約束を守りました。

理事長に就任した社長は、実務は日本勧業銀行出身の相馬健専務理事に任せて殆んどタッチしませんが、預金通帳を始め、貸し付け関係その他各種書類面には、理事長野口丈吉の名前が載ります。不特定多数の人の所有する書類にこの名前はふさわしくないと考えた社長は、著名な鑑定士の勧めに従い、昇市郎と改名しました。改名には、こういう経緯がありました。姓名判断は、中国古典の易経を基にして、漢字の字画から判断しますが、後年の社長に相応しい名前のように思われます。

これより先、晴代夫人は、会社を発展させるためには社長の交際範囲を広げ、視野を広くしなければならないと考えていました。発起人の中の半数は信組の非常勤役員に就任しました。その中の一人に、梅沢商店の梅沢社長がいました。

梅沢商店は幾つもガソリンスタンドを持ち、京成電鉄とも取り引きを持っていました。梅沢社長は慶応卒で、体つきもすんなりしていて、ダンスも上手で、モダンボーイとはやされていました。安孫子ゴルフ倶楽部の会員でもあったので、晴代夫人は社長をゴルフに誘ってくれるよう梅沢社長に頼みました。

その縁で野口社長は安孫子の会員になりました。ここでも天才ぶりを発揮し、わずか三、四年で友人たちを全部追い抜いて、年齢的に無理と言われたシングルになりました。工場の真ん中にあった自宅（のちに工場になってしまいましたが）の庭はゴルフ練習場と化し、パター練習用の小型グリーンやサンドや打ち込み用の天幕が高く張られていました。どれほどの練習をしたのかは想像に難くありません。

「エンボスの彫刻はわしが始めたものだから、わしが一番うまいのは当たり前だ。ゴルフは違う。プロがいて、指導料を払えば、誰にでもいくらでも丁寧に教えてくれるし、指導書もたくさん出版されている。そのなかでどこまで、わしはいけるものか試してみたかったのだ」と、会社の幹部に言っていました。

社長は、或る日突然、根本に命じました。

「会社を組織化しろ。これからの会社は組織がしっかりしていなければ長続きはしない」と。

前から考えていたことだったので、根本はすぐに組織作りに着手しました。まず課名を決めなければなりません。事務所の仕事は人事、経理、庶務などに分かれていますが、総務部総務課の一つにしました。工場の方は、ダイカッターの部署は彫刻課でいいとして、クライミングは、語源がはっきりしませんし、それは登山を意味しますから、話し言葉としてはいいとしても課名としては適切ではないと考えて、クラミング課としました。クラムには押し込むという意味がありますから、この方がいいだろうと考えたのです。

バンコ部も似たような理屈で、バンク課としました。機械・鉄ロールの制作部門は鉄工課としました。工場長と総務部長を同格とし、工場長に社長の兄弟子で、昔からダイカッターの仕事をしていた川村氏を充て、総務部長は空席とし、根本は年も若かったので課長として、日本に一つしかないと思われるクラミング課やバンク課を含む組織表を作成しました。

役付手当の原案も作り、社長の承認を得たので、組織表を発表し、工場長から主任まで、新役付き者全員の辞令を作成し、朝礼の際に総務課長の根本が読み上げ、一人一人に社長から手渡しで交付されました。

大将と兵卒しかいなかった工場に、連隊長（部長）、大隊長（課長）、小隊長（係長）、下士官（主任）が出現し、組織らしい体制が整いました。とはいえ、幹部会は時折、開かれるものの、参謀本部は無く、依然としてワンマン会社であることには大きな変化はありませんでした。

ゴルフ場では、日が暮れて一日のプレイが終わると三々五々、クラブの部屋に集まり、酒を酌み交わしながら様々な話が取り交わされます。安孫子のような名門クラブになると、錚々たるメンバーがそろいますから、中身の濃い話題が提供されます。根本は、そうした場から得たと思われる話を社長からいくつか聞いた記憶がありますが、この組織論もその一つと思われます。

晴代夫人の内助の功は、数多くありますが、ゴルフへの勧誘は、社長の視野を広め、見聞を豊かにする意味において、最も大きな貢献の一つと言っていいでしょう。

組織化された社内は、幹部に責任感が生まれ、横の連携もスムーズになりました。法規が改正され、五十人以上の社員を要する工場には資格を持った防火管理者が必要となり、講習を受けて、根本がその役に付きました。自衛消防隊も組織され、バンク課の野々山課長が隊長となり、各部署から選抜された消防隊員による訓練も実施され、やがて旭ロール自衛消防隊は、金町消防署管内の消防放水コンクールで優勝するまでになりました。

〈事業の転換〉

彫刻ロールの注文が山積みになっている時に、社長は根本に言いました。

「彫刻ロールでは飯が食えなくなる時が来るぞ、その時、どうするのだ」

入社して数年の根本には答えようがなく、そういう時代は数十年先のことに思えた。その時のための対策でしょう、ポリエステル化粧板用の化粧紙の印刷や、薄板金属板（主としてアルミ板）のエンボス加工の仕事を始めましたが長続きはしませんでした。

それが意外と早くやってきました。

天然彫刻ロールの需要が増大しつつあった時に、大きな障害が持ちあがったのです。塩ビの廃材を焼却処理する際に発生する発がん性物質のダイオキシン問題です。アメリカではすぐに製造禁止の措置が取られ、日本でも当然、塩ビの生産は禁止されることになりました。

この問題が懸念され始めたころから、アメリカでは塩ビ製品に代わるものとして合成皮革の開発が進められ、それにエンボスするためのリリース・ペーパー（剥離剤を塗布され、革しぼ模様などをエンボスされた耐熱紙、離型紙）も生産され始めていました。その情報をいち早くキャッチした旭ロールでは離型紙の開発を始めていました。

紙の型押しについては、衣装箱用の漆紙や、日本専売公社の煙草のホープの外箱の網目柄のエンボスなどで、経験済みです。このことについては『技術大国の礎となった男』（二〇一二年十月　文芸社発行）に詳述してあります。

全面的に塩ビから合成皮革に生産を切り替えた塩ビ業界に向けて離型紙を供給することに大きな問題は生じませんでした。その為には、引張強度があり、且つ耐熱性のある原紙の抄造について、製紙会社に多大の開発費の負担をお願いすることになりましたが。

合成皮革面のしぼ付けには、エンボスロールは、使用しません。ロール状に巻き取られた離型紙を巻き戻す際に、その表面に合成皮革の加熱された粘液状の原料を薄くコーティングし、それに基布を張り合わせて一緒に巻き取ります。そして一定期間熟成させたのちに、合成皮革と離型紙を引き離しながらそれぞれ巻き取れば、革しぼをエンボスされた合成皮革が出来上がります。現在、離型紙の国内メーカーは旭ロールの他、大日本印刷とリンテックの三社のみです。

塩ビと違って、弾力性のない合皮は離型紙のしぼ模様が百%近く再現され、一層、天然模様の再現力が上昇しました。その為には離型紙そのものの天然模様が優れたものでなければなりません。

ここにまたしても天才の登場となります。通常、離型紙のエンボスにはバックアップロールとして、ペーパーロールが使用されますが、天才は余人の考え付かない手段を考案しました。これは企業秘密のため、詳述は避けます。

この考案により製造された離型紙は天然革しぼ模様の再現性を一段と高めました。通常離型紙の使用回数は柄の減耗による再現性の低下のため、三、四回と言われていましたが、それを五割程度高めたのです。合皮メーカーが喜んだのも無理ありません。それは大きな経費の節減に寄与します。あまり品質の低下を気にしない中国では十回も再使用しているとのことです。

社長の最後の大英断は、注文も増え、会社の収益の向上に貢献している、薄板金属板（主として鉄板）のエンボス加工事業からの全面撤退と、その離型紙製造への転換です。

欧米では、このエンボス加工に使用されるエンボスロールをマッチド・スチール・ロールと呼んでいましたから、旭ロールではこの事業を担当する部署をマッチング部と称していました。後に、旭ロールから分離し、旭エンボスメタル株式会社を設立して独立させました。昭和四十八年のオイルショックの影響で、世界的にオイルが高騰し、それにつれて火力発電に頼り、電気の缶詰と言われたアルミニウムの精錬は採算が取れなくなり、アルミの精練所はすべて生産中止になりました。

アルミ板のエンボス加工の注文が主体だった旭エンボスは、注文が皆無となり、赤字に転落しました。

しかし、予測された通り、アルミ板は鉄板に代わり、順調に注文も増加し、赤字は間もなく解消しました。特に船橋の大洋製鋼からの注文は大量で、重量トラックによる搬入のため、倉庫前のコンクリートの土間が大きく破損し、全部、鉄筋コンクリートの土間に強化しなければならないほどでした。

社長の事業転換命令は、いつも、その事業が順調に進んでいる時に出ます。このマッチング部創設の時のポリエステル化粧板用の化粧紙印刷事業もそうでした。事業撤退には通常損失が伴います。二千万円近くかけて購入した三色グラビア輪転印刷機は、稼動して数年にしかならないのに、機械の置き場がないため、場外に搬出されて野ざらしになりました。根本は、中山工場長に頼んで、厚手のシートでカバーをしてもらいました。

ところが、三か月もしないうちに、そのメーカーからこの機械を売ってほしいという申し出がありました。新規の注文を受けたが希望の納期に間に合わないため、この機械を購入して新品同様に手を加え、その納期に合わせたい為だということでした。

申し出の価格は予想外の高額で、特別償却制度も利用していたため、簿価をはるかに上回り、数百万円の売却益を計上することができました。数年後、千円札を刷っているようなものだと言われた化粧紙の単価は三分の一に下落しました。

旭エンボスの得意先は、大洋製鋼を始め、大手企業が多かったため、やめては困るという申し出が多かったのですが、社長の意志は固く、色々交渉の末に、大洋製鋼他一社には、エンボス設備を購入してもらうことで話が付き、設備の基礎工事からエンボス技術のノウハウの一切を提供するという条件で交渉がまとまりました。

中山工場長の陣頭指揮の下、設備工事すべてが順調に運び、先方の社員が支障なくエンボス加工作業ができるまでの指導も終えて無事納入を完了しました。取引額については阿部営業部長の頑張りで、これも、やや高めの設定となりました。その収入金は全て離型紙用エンボス設備の増設に投下されました。

結果として、この転換は大成功で、社長は平成三年、日本経済の絶頂期にお亡くなりになりましたが、三十年を経過した現在もこの事業が順調に経過していることには敬服のほかありません。

〈海外交流〉

エンボスロールの製造法には、「手彫り法」「エッチング法」「天然彫刻法」「写真彫刻法」など、色々な方法がありますが、その全てを駆使してエンボスロールを製造できる、いわゆる総合彫刻ロール会社と呼べるものは世界に八社しかありません。ローレン・エングレイビング社、パマーコ社、イースタン・エングレイビング社（米）、ドルンブッシュ社、ヒーデマン社（独）、ケラー・ドリアン社（仏）、J・マーチン&サンズ社（英）そして旭ロールです。

昭和三十一（一九五六）年、ケラー・ドリアン社の社長、ジョン・ペラション氏が世界青年商工会議所のフランス代表として来日しました。その際、旭ロールを訪問、野口社長と会見、交流が始まりました。

昭和三十五（一九六〇）年、ドイツからリピートが一メートル近くもある、斬新なデザインの塩ビシートが輸入され、これを見た社長は、「これは、手彫りでできないことはないが、長期間かかり採算が取れない。これは機械で作られたものに違いない」と判断してこの機械を見るためにドイツ訪問を決めた。

ついでに諸外国のエンボス界の状況も調べたいと根本を帯同して世界一周の視察旅行に出発した。この機械を見ることはできなかったが、アメリカ、イギリス、ドイツ、フランス、スイス、イタリア、香港を回る一か月余の調査で多くのものを得ることができた。

昭和三十七（一九六二）年、旭ロールでは、拡販のため輸出主任末永をアメリカに派遣しました。そのエンボス見本の優秀さにパマーコ社の幹部は驚き、提携を申し入れてきました。そこで、同年秋、パマーコ社（D・キラリー社長、W・ドノヒュー副社長、ハンス・シーガー営業部長、L・オート法務部長）、ケラー社、（ペラション社長）、旭ロール（野口社長、根本、末永）の八名が帝国ホテルの一室で会合、三社協定を締結しました。シーガー部長と根本はすぐにファーストネームで呼び合う仲となり、旭のエンボスロールは、ハンス部長の努力でカナダ、中・南米に広くユーザーが拡大しました。この協定は三十年近く友好的に継続し、ケラー社がコングロマリットに買収されて、その幕を閉じました。

このころ、イギリスのマーチン社の会長C・ジョンストン氏がオーストラリアの子会社を訪問し、そこで旭ロール製のエンボスロールを見て、急遽、予定を変更し、旭ロールを訪問、協定を申し入れてきました。

ケラー社との交流もあるので同意はできませんでしたが、野口社長はこの遠来の客を一流料亭の向島「桜茶や」に招待しました。後に、日本ではできなかった、網点グラビアプリントロールの開発に苦心していた時に、ジョンストン氏から提供された関係資材等の情報は大きな助けとなりました。後年、同氏は、Sir（サー、卿）の称号を受けたと、ハンスから手紙が来ました。

昭和三十九（一九六四）年、アメリカ一のエンボスロールのメーカー、ローレン・エングレイビング社のハンス・ボース会長夫妻が来日、旭ロールを訪問しました。この時も野口社長はご夫妻を「桜茶や」に招待しました。ハンス会長から訪米の際は、ぜひ当社を訪問するように勧められましたが、その機会は遂にきませんでした。

〈人生と運〉

昭和五年、社長は徴兵検査を受けて甲種合格し、以後、三回召集を受けました。いずれも国内の連隊勤務でした。三回目の時に、所属する連隊で中支派遣の選抜が行われることになりました。

並んで順番待ちしていた社長が、ふと見ると、三人の審査官のうち真ん中の責任者らしい下士官は、幼馴染みのラムネ屋の源ちゃんでした。肩章を見ると、軍曹です。自分の番になって、社長は、

「軍曹殿」

と、挙手の礼をして、呼びかけました。書類から目を上げて社長を見た軍曹は、

「おう、丈吉やないか、ここにおったか」と言って、懐かしげに、

「どうじゃね」と、言った。

「夕べから少し腹の具合が……」そんなことで選抜から外れるとは思えないが、少し甘える気分になって、そう言うと、軍曹は、

「よし」と言うと、丈吉に向かって非選抜組の方を指さしました。

丈吉は、「はっ」と、引き下がって行きました。

源ちゃんは、近所のガキ大将でした。しかし、決して弱い者いじめなどはせず、みんなから慕われていました。特に丈吉を可愛がっていました。

この時、選抜されて中支に向かった部隊は、後に、南方戦線に応援に向かい、全滅したという報が齎《もたら》されました。社長はこの時の源ちゃんとの出会いが運命の分かれ道であったと述懐していました。

事業の成功は、努力と才能に加えて運もなければ成就しないと言われています。社長と旧知の友人の一人は、或る時、社長に向かって、

「あんたは、昔から運がいい、運がいいというだけじゃなくて、その運は強運だね」と、言っていました。

才能と努力と運と、そして時代に恵まれた天才の生み出したエンボスロールと離型紙によって生産された型板ガラス、塩ビ製品及び合成皮革の世界生産額は、何兆円になるのか、何十兆円になるのか想像もつきません。それらはなおも継続中です。

思い出は徐々に薄れ、やがて消えていきます。文字に書かれたものだけが残っていきます。囊中《のうちゅう》の錐《きり》はいつかは頭を出します。エンボスロール業界という比較的狭い範囲ではありますが、国内はもとより、世界中にその名を知られた、天才彫刻師と最も接触時間の長かった私が、その事績を書き留めておくことは義務のような気がしてここに書き上げた次第です。

（令和五年二月）

二十歳過ぎれば付け焼刃

これは、五木寛之さんの文章の「題」です（同年の誼《よしみ》で、さん付けで呼ばせていただきます）。この文章の中で、五木さんは次のように言っています。

「以前、テレビの撮影で自転車にのったことがありました。……最後にのったのは、大学生の頃です。そのとき勝鬨橋の先の下り坂で事故を起こして、前歯を何本か折った。それから自転車がこわくなったのです……それから幾星霜、……おそらく二十年以上、自転車に乗ったことがないまま……突然、自転車に乗ることになった。……はたして転ばずにまっすぐ走れるかどうか不安でした。そもそも自転車という字は、自《みずか》ら転ぶ車と書くではないか。……昔の事故のことなど思い出して、助走したときは手が震えました。ところが、これがちゃんとのれたんですね。自分でも驚いた。体がしっかり憶えているのです。

小学生の頃、冬はいつもスケートをはいて遊んでいました。しかし、……少なくとも三十年以上は、まったくスケート靴を履いたことがなかったのです。それでも不思議なことに、ちゃんと滑ることができたのです。もちろん、ちゃんと、といってもアヒルがスケートをはいたようなものでしたということです。

ジダーノフのゾシチェンコ批判の文章など、暗記するほど勉強して読んだのに、今は一行たりとも思い出せないのですから。二十歳過ぎてから勉強しても、意味がないんじゃないか、とつい思ってしまう。それにくらべて、小学生か中学生くらいまでに憶えた事は、八十歳過ぎても確実に残っています。……手旗信号……モールス信号……「教育勅語」……「軍人勅諭」が前文から自然に出てくるのは、一体どういうことでしょうか。固い文章だけではありません。教師だった父親からむりやり憶えさせられた詩吟の文句が脳にしみこんでいまだに離れない。……

つまるところ、子供時代の教育がすべて、という話です。あとは付け焼刃でしかないというのは、いい過ぎでしょうか」

五木さんの著書『幸運の条件』の中に出てくる以上の文章は、大部分が私の経験の生き写しであり、且つ、私が、常々考えていたことをそっくり代弁してくれています。

手旗信号　半分ぐらいできます。

モールス信号　イ　・━　トンツー（伊藤）

ロ　・━・━　トンツートンツー（路上歩行）

ハ　━・・・　ツートントントン（ハーモニカ）

二　━・━・　ツートンツートン（入費増加）

ホ　━・・　ツートントン（報告）

へ　・　トン（屁）

ト　・・━・・　トントンツートントン（特等席）

チ　・・━・　トントンツートン（地値騰貴）

教育勅語（正確には「教育ニ関スル勅語」）

朕惟《ちんおも》うに、我が皇祖皇宗、国を肇《はじ》むること宏遠に、徳を樹《た》つること深厚なり。吾が臣民克《よ》く忠に克く孝に、億兆心を一《いつ》にして、世々厥《そ》の美を済《な》せるは、此《こ》れ我が国体の精華にして教育の淵源、亦《また》実に此《ここ》に存す。爾臣民《なんじ》、父母に孝に、兄弟に友に、夫婦相和し、朋友相信じ、恭倹己を持し、博愛衆に及ぼし、学を修め、業を習い、以て智能を啓発し、徳器を成就し、進んで公益を広め世務を開き、常に国憲を重んじ、国法に遵《したが》い、一旦緩急あれば義勇公に奉じ、以て天壌無窮の皇運を扶翼《ふよく》すべし。（以下略。原文は旧漢字、旧仮名遣い、カタカナ交じり文。ふりがなは筆者）

「子供時代の教育がすべて、あとは付け焼刃」は決して言いすぎではないと思います。私の人生経験からも実感しています。

私の勤務した工場は、金属彫刻ロール（steel embossing roll）というものを製造していました。製造過程で、鉄ロールを硝酸で腐食させます（etching）。

当然、硝酸の廃液が出ます。入社した当時、コンクリートで仕上げた工場の床が、一、二年で、ガリガリになってしまいます。こぼれた硝酸でコンクリートが腐食してしまうのです。その都度、多額の費用をかけて修理していました。

ふと気が付いて、工場の周りのU字溝の蓋を開けてみると、何十メートルにもわたって、その底が、がりがりになって砂利石が現れています。当社の廃液が原因であることに間違いありません。工場内の床は直しましたが、公共の施設を勝手に私企業が手をつけるわけにはいきません。途方に暮れていました。

やがて、河川の汚濁が問題となり、廃液処理に関する規制が強化されて、廃液は中和して放流することになりました。法律を読んだだけでは具体的な方法が分かりません。都庁の関係部署に訊きに行きました。係官は、桶に廃液を入れ、苛性ソーダを入れて中和して流してくださいと言い、リトマス試験紙を出してきました。

中学の化学の時間に見たことがあります。細くテープ状に巻かれた紙です。少しずつ切り取って液に浸して酸性度を測定します。中性なら無色、酸性は赤色に、アルカリ性は紫色に変化します。測定方法を教わり帰ってきました。

早速、現場に行って、責任者に方法を説明し、中和したら排水するように指示しました。暫くして、責任者から報告があり、いくら苛性ソーダを混合しても中和しないと言います。そこで考えました。

中学で習った原子記号、原子量、分子式のことを思い出したのです。酸素はO、水素はH、水はH_2O、硝酸はHNO_3、過酸化水素（苛性ソーダ）はNaOHです。原子量は、酸素（O）は16、水素（H）は1、水（H_2O）は18、窒素（N）は14です。これらは記憶にありました。ナトリウム（Na）は調べてみて23であることが分かりました。次は分子量です。硝酸の分子量は、

水素（1）＋窒素（14）＋酸素（16×3）で合計63になります。

苛性ソーダの分子量は、

ナトリウム（23）＋酸素（16）＋水素（1）で合計40になります。

分子量を比べると、63対40で、硝酸の分子量は苛性ソーダの1・5倍強になります。ということは、中和するためには硝酸の1・5倍の苛性ソーダを必要とするということです。これは大変な量で、柄杓で二、三杯入れたぐらいでは、とても追いつかないことが分かりました。現場の責任者の言うことが理解できました。

次に化学方程式を考えました。硝酸に苛性ソーダを加える式は、

HNO_3 ＋ NaOH ＝ $NaNO_3$ ＋ H_2O　で、硝酸ナトリウム（無害の沈殿物）と水に分解されます。だんだん分かってきました。驚いたことは、これらのことは二十数年前に中学で

勉強し、覚えたことだということです。

私の主たる業務は経理です。化学のことなど卒業以来一度も携わったことはありません。それが、この時点で、四十歳の私にこれだけのことが記憶の底から蘇ってくるのです。そして、これを書いている私は今、九十歳です。

「小学生か中学生くらい迄に憶えた事は、八十歳過ぎても確実に残っています」という五木さんの言葉が実証された思いです。

排水処理設備のメーカーに説明を聞いたところ、当社の排水量からみて、手動的に処理することは無理で、完全自動化した設備が必要ですと言う。更に詳しく説明を聞くと、地上に水と苛性ソーダ用の約三トンのタンクを二基設置し、地下に、三槽設置する。その第一槽は廃液槽、第二槽は中和槽で、感知管と電磁弁の付いた苛性ソーダ注入管を設置する。感知管が酸度を感知すると、電磁弁が開いて苛性ソーダを注入する。液が中和されると第三槽の沈殿槽に注入され、上澄みの中和された水と硝酸ナトリウムの沈殿槽に分かれ、中和された上澄みの水は外部へ排出される。これらがすべて自動で操作される。

これらの説明は、分子方程式と化学方程式が頭に入っていたので、よく理解できました。

見積書を取ると、なんと二千万円を超えていました。工場長とも相談し、これは工場存続の為には、是非とも、やらなければならないと判断し、社長の承認を取り発注することにしたのでした。

中学に入学したころの子供の頭の大きさは、大人のそれと殆んど変わりません。中身の大部分は脳みそです。それは新しいスポンジのようなもので、学校で習った知識、親から教わったもの、それらをどんどん吸収していきます。そして、柔軟な脳にしっかり固定されると思われます。

子どもの時の勉強がいかに大切か分かります。学校には夏休み、冬休み、期末休みがあります。小、中、高の土曜休日は好ましい制度とは思えません。ものを覚える大切な時期なのです。いまさら元に戻れないでしょうが、個人的には土曜休日には反対です。

教師サラリーマン説というのが出てきて、学校も週休二日制になりました。教師とサラリーマンが同じでいいはずはありません。会社は利益社会、学校は目的社会です。教育の大切さを認識した明治新政府は、教育界の優れた人材を広く求めるために師範学校、高等師範学校制度を作り学費を無料としました。
　最近の教員は、事務量が多く、過重労働になっているということを聞きます。いじめの問題といい、教員志願者の減少といい、教育界は問題山積です。教育制度は国家形成の根幹の問題です。煩雑な事務量を減らし、教員としての適性を持った人材を多数集められるような、教育行政に傑出した文科省事務次官、大臣の出現を期待するのは夢でしょうか。

（令和四年九月）

　因みに、五木さんと自分の人生上の類似点に驚いています。ともに一九三二年生まれ。弟と妹の三人兄弟の長男。ともに母親を敗戦直後、十三歳の時に亡くしています。戦争による生活苦。五木さんは四十二歳の弟を、私は三十九歳の弟を亡くしています。ともに、気圧増減障碍者。こうしたこともあって、五木さんの書いたもの（小説、エッセイ等）に百％共鳴できるのでしょう。

旧制中学

旧制中学というのは凄い学校でした。昭和十二年には東京に男子公立中学は十二校しかありませんでした。東京府立中学が十校、東京市立中学が二校。男女別学でしたから、ほぼ同数の高等女学校がありました。翌年、府立十一中が開校し、昭和十六年に足立区に移転し江北中（都立江北高校）となりました。昭和十九年に私の一歳年上の魚屋の英ちゃんが合格して、近所（千住元町）の評判になりました。一つの小学校から一人しか入れないと言われていました。

昭和二十年四月、茨城県の父の実家に縁故疎開をしていた私は、大須賀村立小学校から都立上野中学を受験し合格した。東京府と東京市は昭和十八年に合併し、東京都となりました。それで、従来のナンバー校を廃止し、地域名となり、府立一中は都立日比谷中に、府立二中は都立立川中に、市立一中は都立九段中に、市立二中は都立上野中になりました。

合格発表の日、壁に掲示された合格者一覧表を見ると、受験番号一番から三百八十番まで、欠番無し、全員合格です。定員三百名を八十名オーバーしています。空襲が激しくなり、実際に通学者は少ないと見込んでの処置でした。蓋を開けてみると、学校の予想よりはるかに少なく、入学式の出席者はわずか百二十名でした。

入学式には一年生から五年生まで、全校生徒が出席しましたが、授業が始まると、二年生以上は全員、軍需工場に動員されて、一年生だけの寂しい授業でした。空襲警報に中断されがちな授業でしたが、内容は充実していて、感動的でした。

三月十日、下町大空襲。私の住む千住は、四月十三日にやられました。翌朝、北千住駅に向かう。途中、柳町、寿町は丸焼け。焼け野原の真ん中を歩くと、地熱で体が熱くなり夢中で駆け出す。電車は不通。北千住から日暮里まで線路上を歩いて登校。先生も生徒も誰もいない。当然休校。どうやって帰宅したか覚えていません。馬鹿正直の見本のような行動でした。

教練という学科がありました。沖縄出身の荒垣少尉に銃剣術や分列行進を教わり、前文と五箇条からなる長文の軍人勅諭を暗記させられました。その中のひとつを終生守ってきました。それは、

一つ　軍人は質素を旨とすべし。これです。

もう一人の士官学校での配属将校の田中国一中尉は若いが、威厳がありました。後年、荒川信用金庫の理事長に同姓同名の人が就任しました。同一人物ではないかと思い、一度お会いしたいものだと思っていましたが、機会がありませんでした。

小学校と全く違う授業の内容に深い感動を覚えました。国語、島崎藤村、「新しき詩歌の時は来たりぬ　そは曙の如くなりき」何十年も前に書かれた詩が、今、勉強を始めたこの時代のことのように感じられて、実に新鮮な気分になりました。鷗外、藤村、龍之介、紹介される度にその小説を夢中で読みました。

文法。何気なく話していると思った言葉が、体言と用言に分かれ、名詞、動詞、形容詞、副詞、助動詞、助詞等に分類され、書かれた文章も話された言葉も、理路整然ときちんと分類される。動詞の活用は、四段、上一段、下一段、か行及びさ行変格活用に分けられる。これが学問だと感じました。

物理。ボイルシャールの法則。化学、原子記号、H　水素、O　酸素、N　窒素……分子　H_2O　水　NaOH　水酸化ナトリウム（苛性ソーダ）……数学。平方根2＝ひとよひとよに人見頃（1・41421356）、平方根3＝人並みにおごれや（1・7320508）

……。覚えやすい文章を作ったものです。新知識の山です。

市立二中の制服は背広にネクタイでした。戦時中は軍服と同じ色のカーキ色の普通の洋服（国民服）を着ていました。八月十五日、ポツダム宣言受諾、無条件降伏、空襲がなくなり、背広の制服姿が少しずつ増えてきました。勤労動員で、工場に働きに行っていた二年生以上の上級生たちも、みな学校に戻ってきました。二十一年三月の学年末には一年の在籍人員は二百二名になりました。

二十一年四月、新制中学が発足しました。しかし、校舎の建設が間に合わないので、旧制中学に間借りです。当校では、一階にある教室の半分がそれに当てられました。或る日、廊下で、小学校一年の時の担任だった成瀬太右衛門先生に会いました。歌舞伎役者のようなお名前でよく覚えています。

その小学校は、足立区千住大川町にあった千寿第三小学校。成瀬先生は優しい、いい先生でした。図画が専任でしたが、英語の先生が足りないので、中学では英語を教えているという話でした。戦時中、英語の使用を禁止したくらいですから、さもありなん、と思いました。

戦争に負けて、アメリカ兵が街にあふれてきました。映画も、主としてアメリカ映画ですが、多数、上映されるようになり英語に接する機会が多くなりました。しかし、皆目、キャッチできません。当時の英語教育は、英訳、和訳が主で、スピーキング、ヒアリングは重きを置かれていませんでした。英語の先生の発音も、上手、というか、外人らしい発音をする先生はいなくて、日本人英語、いわゆる、ジャパニーズイングリッシュです。

或る日、中村という新任の若い英語の教師が赴任してきました。この発音が外人そっくりなので、生徒は、みなビックリしました。

「これは、本物だぜ」

「なぜ、こういう発音ができるんだ」

と、話題になり、捕虜だったんじゃないか、という説が出て、それに違いないという結論に達しました。

受験校の上野中は（他の都立中学が同じだったかどうかわかりませんが）、試験が多く、期末試験が三回、中間試験が三回、夏休み後、冬休み後の実力試験が二回、年間合計八回の試験があります。凄いと思うのは、試験の都度、全員の全科目の得点合計点数が成績順に一覧表となって廊下に張り出されます。

次の試験には、発奮して少しでも上位に行くように頑張れという学校のメッセージが包含されているのでしょうが、さすがにこの制度は行きすぎの気がしました。私は、大体二十番台から三十番台にいました。一度、三番になって級長を務めたことがあります。

しかし、この試験の為の記憶力の強化が、後の人生に役に立ったことも確かです。それは前章でも書きました。


当校は、各学年の縦の連携が強く、一年から五年までの各一組がひとグループのようになっています。二組、三組、四組、五組及び六組がそれぞれ縦に結ばれ六グループを構成しています。運動会などでは、そのグループごとの得点の合計で優勝を決めます。

或る日、五年一組の上級生五、六人が我々一年一組の部屋にやってきました。リーダーと思しき一人が全員を紹介しました。

「俺は五年一組の清水というものです。こいつは◯◯といって数学の天才です。こいつは□□といって、英語は当校一番です。こいつは△△といって、国語なら古典、現代文すべてに通暁している。こいつは××といって物理が専門で、今でも教師の役が務まる。我々はみんなの兄貴のようなものだ。勉強で困ることがあったらなんでも遠慮なく聞いてくれ」

この年代は、一年生は子供で、五年生ともなれば体格も大きく立派な大人です。いい兄貴が大勢出来たものだと思いました。

夏休みに、この先輩たちと一年一組の希望者で平林寺の体育園に行き、一泊しました。全部で十五人ぐらいいました。体育園は東上線の志木からも西武線の東久留米からも約五キロメートルの武蔵野の真ん中にあって、学校は、校庭が狭かったので、郊外体育場として、平林寺の広い敷地の一部を借りて作ったものでした。

そこには、五十人ほど泊まれる宿泊設備と、四百メートルのトラック、五十メートルの長水路プールがありました。

当時は、戦時中のため、トラックは荒れ放題で、一年生がサツマイモを植えていました。プールも一部破損していて使われていませんでした。

その広間で、ジェスチャーゲームのようなことをしたり、歌を教わりました。歌は、先輩の誰かが作ったものらしく「ツンツン節」といって、先輩たちが歌い始めました。

僕は二中の四年生　ツンツン　黒いネクタイ背広服　ツンツン
あの娘《こ》竹之台の三年生　ツンツン　可愛い乙女のセーラー服　ツンツン
僕は彼女を案内して　ツンツン　やって来た来た体育園　ツンツン

丁度桜も満開で　ツンツン

そこまで歌うと、先輩の一人が、

「はい、そこまで」と言って止めてしまいました。その先には一年坊主の子供たちには聞かせたくない歌詞があったのでしょう。

竹之台高等女学校は、戦災に遭い、上野動物園の近くに仮校舎を作って移転していました。帰宅の途中、金網越しに見る、ブルマー姿で校庭を走り回る女生徒たちの姿に見とれていたものでした。

つぎは「デカンショ節」です。

デカンショデカンショで半年暮らすヨイヨイ
後の半年や　寝て暮らす　よーいよーいデカンショ
デカンショ歌えばポリスが怒るヨイヨイ
怒るポリスの子が歌う　よーいよーいデカンショ

教師教師と威張るな教師ヨイヨイ
教師生徒の成れの果て　よーいよーいデカンショ

デカンショは、デカルト、カント、ショーペンハウエルの三人の偉大な哲学者の略で、○△はカントを研究していて、将来、哲学科へ進学の予定だと紹介されました。

上級生には無邪気な中に、へんに大人びた所があり、その特徴の一つは教師にあだ名をつけることがうまいことです。ゴリポン（一年のクラス担任でした）、牛ちゃん、バンタ、大福、火星人などなど。我々が、新任の教師につけたあだ名もあります。わかさ、チョイです。あだ名には、いずれも故事来歴があります。あだ名には親しみと親愛がこもっていて、あだ名のつかない先生は人気がありません。数学の大福に一度ひどく怒られたことがあります。宿題の回答を指名されて「忘れました」というと、「忘れましたではない、怠けました、と言え」と、口をとがらせて叱られました。「怠けました」と大声で言う。怖かった。学生の本分は勉強、乾物屋の店番が忙しかったぐらいで、言い訳にはならないのです。

このときに教わった、もう一つの歌があります。

青春の力充てる　吾がくろがねの腕《かいな》
高く高く高く　覇者の剣《つるぎ》かざし　オゥ
青春の血潮たぎる　わが胸裂くるまで
歌わん我らが勝利の歌を

時ぞ今　時ぞ今　奮え若人《わかびと》
我らが誇りをおいていざ進め
時ぞ今　時ぞ今　奮え若人
我らが望みをおいていざ進め

これは一組の応援歌として作られたものだと、聞いた記憶があります。詩も曲も、堀内敬三作曲の慶應義塾大学の応援歌に匹敵する出来栄えだと思います。先輩の一人が作ったものらしく、普通科の在学生が、これだけの素晴らしい作詞、作曲の能力を持っていることに畏敬の念を覚えました。

旧制高等学校は、旧制中学四年（現在の高校一年）修了で受験することができました。五年間の授業を四年で終了してしまうのです。それで合格する猛者が多数いました。

ある教師が言いました。

「この学年は、無試験で入学したぼんくらばかりだ」

無試験は戦時中の臨時措置。我々生徒に責任はありません。ところが、昭和二十六年三月、新制高校三年卒業（新制三期）のこの「無試験ぼんくら学年」が、とんでもないことをやらかします。

二中始まって以来の、そして、今日までも破られることのない東大三十三名をはじめとし、一橋大、教育大、横浜国立大、千葉大などその他の国立大に三十五名、及び私大の雄、早大、慶大に七十名、過去最大多数の合格者を輩出したのでした。

ところが、敗戦後のＧＨＱの平等論を取り違えた文部省と東京都教育委員会が、とんでもないことをやらかします。都立高校の入学試験に関する「学校群制度」の導入です。暴挙ともいえるものです。

この制度［一九六七（昭和四十二）年～一九八一（昭和五十六）年］の為に、都立高校（旧制中学）の学力は、年々低下し、遂に東大合格者がほとんどゼロになってしまいました。その間隙をついて私立高校が力を入れ、東大合格者の数を伸ばしました。開成高校（旧開成中学）と麻布高校（旧麻布中学）、神戸の灘高校です。

石原慎太郎氏（二〇二二年二月一日没　八十九歳）が都知事に就任して、この事態に仰天します。これではならじ、と数校の高等学校を選び、課外授業を奨励するなど力を入れましたが、とても追いつきません。わずかに都立西高校から数名の東大合格者を出した程度です。一度壊した制度は簡単には修復しません。旧制中学の伝統的美点も消滅しました。教育制度の恐ろしさを実感しました。

教育委員会制度は、ＧＨＱの戦後政策の失敗作の一つかもしれません。いじめによる生徒の自殺者が続出しているにもかかわらず、文部省発表は自殺者ゼロとなっているので、国会で問題になり文部省の高官が呼ばれて議員から理由を聴かれたとき、「教育委員会からの報告がそうなっていますので」というのがその回答でした。文部省と、教育委員会の無責任と無能ぶりの恥を天下にさらしました。文部科学省は昔、陸軍省文部局と揶揄された文部省の成れの果てです。いじめの問題は今もって解決の兆しを見せていません。橋下徹氏が大阪府知事の時、教育委員会無用論が出ましたが、いつの間にか立ち消えになり、そのままです。日本の教育界を再建できる、ひいては日本を再建できるような傑出した文部科学次官、文部科学大臣が出ないものでしょうか。

昭和二十三年三月、旧制中学三年生であった我々は、四月から全員、新制都立上野高校の一年生に進学することになった。ここは、私にとって人生上の一大転機となった。クラスの担任から、希望者は、三年で卒業することができると言われて、私は、経済的理由で、卒業を希望し、定時制高校に移り、昼間は働くことになった。このことは【いきの構造】の章中でも触れました。この卒業を後に悔やむことになります。

この時の心境を書いたものがあるはずですが、探しましたが見つかりません。残念です。この卒業式に、初代校長の高藤太一郎先生が、来賓として出席され、挨拶されました。相当なご高齢で、杖をついて壇上に上がりましたが、その祝辞は、「このじじいの言うことをよく聞いて……」と、声を震わせながら情熱のこもった話しぶりで、深い感銘を受けました。

府立及び市立の初代校長は個性豊かな傑物が多かったと聞いていました。

かくして、昭和二十三年三月三十一日をもって、旧制中学生は一人もいなくなりました。

『パリに死す』の著者として有名な芹沢光治良［一八九六（明治二十九）年～一九九三（平成五）年九十七歳没］に『人間の運命』という自伝的作品があります。東京帝大に進んだ主人公が、篤志家の私設奨学金制度に応募し承認されます。しかし、途中で、篤志家の都合により、それが打ち切られる通知が来ます。その時、主人公は、その事務所に出頭し、執事という人に会い、何としても勉学を続けたいこと、そのためには奨学金がぜひ必要であることを熱心に説きます。そして、その継続を勝ち取ります。その情熱の激しさに心打たれました。

勿論、後年、社会に出てから読んだ本ですが、勉学を続けるには、この情熱が大切なのだ、俺にはこれが欠けていた、とつくづく自分の意志の弱さを嘆じたものでした。私にも学資を出してくれそうな伯父が一人いたのです。

ですが、自分の過ごしてきた人生に不満はありません。大勢の立派な人に出会い、援助を受け、仕事上、自分の力量を発揮することができ、楽しい面白い人生だったと思っています。

一昨年、中学の同級生で、七十六年の長い間、交友が続いた山内一憲君が亡くなりました。中学三年で卒業した五人の一人で、前述した試験の成績発表の時に、何回も一番になった秀才でした。北国新聞の東京支社長を長年務めました。そのほかの同級生では、文部次官になった阿部充夫君、NTTの副社長になった神林留雄君、りそな銀行の副頭取になった伊藤陽君、キッコーマン醤油のウィスコンシンの工場長になった長沢道太郎君、農学博士で、鶏卵の研究で第一人者の山中良忠君、朝日新聞の政治部記者として活躍し、日刊スポーツ新聞の社長となった中島清成君など、多士済々でした。中島君の『無名記者の挽歌』は、多くの首相との接触による裏話や、彼の豪快な人生が面白く書かれていて大変評判になりました。

中島は東大野球部の応援団長となり、歌舞伎の所作を取り入れたリーダーとしての手振り身振りが評判となり、六大学の応援団長が皆、真似をするというようなことが起こりました。

先輩のなかでの出色は、一期生の矢野健太郎氏と福田恒存氏です。矢野さんの数学の参考書は、受験生のバイブルとなりました。福田さんは演劇界の重鎮でした。後輩では、新制五期（昭和二十八年卒業）の山崎敏光氏が、二〇〇九（平成二十一）年に文化功労者に顕彰され、同年に、新制十期（昭和三十三年卒業）の飯島澄男氏が文化勲章を受章しています。立憲民主党の馬淵澄夫氏は後輩の一人です。心ひそかに応援しています。

令和五年四月一日で、同期生は全員卒寿になります。鬼籍に入った人も多く、四十七都道府県の旧制中学卒業の現存者は、百五十名ぐらいでしょうか。皆、それぞれに、旧制中学時代の楽しい思い出を持っていることでしょう。人生百年といわれる時代になりましたが、もう十数年で、旧制中学の卒業生は一人もいなくなります。

（令和四年九月）

挑戦戦争

（私より十五歳年少の碁友山本茂正氏の要請による）

「朝鮮戦争の印象」という大きな題を頂戴して、いささか戸惑っています。どのようなことになるか分かりませんが、とにかく書き始めてみます。

考えてみますと、これは北と南の戦いであり、アメリカと中国の戦いでもあります。戦争が始まって、日本人の記者が韓国渡航を申請したがGHQに断られたという話も聞きます。ということは日本人では誰も現地に行って、その現実を見た者はいないのでしょう。詳しい情報もありません。

アメリカが配信するニュースを記事にしただけと思われます。直接、日本が関係した戦争ではないだけに国民の関心はそれほど大きくはなかったような気がします。

これに関連して、私には次のような経験があります。仕事で大連に行ったときのことです。少し時間がありましたので、折角、ここまで来たのだから、乃木将軍率いる第三軍とロシア軍との激戦地、二百三高地（東鶏冠山）に行ってみたいと思って調べますと、今は公開されていないが、現地の日本の商社の責任者の紹介状があれば大連警察で許可書をくれるというので、頼っていった三井物産の大連支店長を通じて見学許可書を貰いました。
途中に、水師営という町があり、おっと思いました。今では、知らない人が殆んどだと思いますが、我々の年代の人間なら誰でも知っている懐かしい町の名前です。

『水師営の会見』　明治三十九年
作詞　佐々木信綱
作曲　岡野貞一

旅順開城約なりて　　敵の将軍ステッセル
乃木大将と会見の　　所はいずこ水師営
庭に一本《ひともと》ナツメの樹　　弾丸痕もいちじるく

崩れ残れる民屋に　　今ぞ相見る二将軍
昨日の敵は今日の友　　語る言葉も打ち解けて
我はたたえつかの防備　彼はたたえつ我が武勇

武士道と騎士道の名残が垣間見えます。

何人かの中国人にこのことを訊いてみましたが、誰も知る者はいませんでした。言うまでもなく、戦争の舞台こそ中国内ではありますが、戦っているのは日本とロシアで中国人は関係ないのです。学校でも教えないでしょうし、誰も関心がなかったのでしょう。

かつては、日本の領土だったとはいえ、敗戦で他国となった朝鮮です。朝鮮人同士の戦いに、戦後混乱期の日本人が多くの考慮を払う余裕はなかったのが現実でしょう。それに戦争放棄もあります。アメリカはそういうわけにはいきません。満を持した金日成軍は瞬く間に朝鮮半島の殆どを制圧、南は、わずかに釜山周辺を残すまでに敗北を続けました。

このままの状態が続けば、軍備のない日本まで赤化される恐れがあると恐怖したＧＨＱは、この理不尽な北に対すべくアメリカ議会と国連に働きかけ、国連軍の編成を提案、アメリカを主体に十か国が賛同しました。

マッカーサー率いる国連軍（と言っても実態はアメリカ軍）は朝鮮に上陸、猛烈な巻き返しを図り、逆に中国国境まで金日成軍を追い詰めました。強気のマッカーサーは原爆の使用まで提案し、一挙に中国まで攻め入るべきということまで言ったそうです。そこで、ついに解任されることになりました。

中国攻撃の話を聞いて、慌てたのは毛沢東です。国を挙げて北の援助に向かいました。その頃、アメリカでは、一体、誰のために、何のためにこの戦をしなければならないのかという意見が台頭し、戦死者も多数出て、戦線でも兵士の士気が低下したようです。

長く日本の統治下にあって実戦経験の少ない朝鮮軍と、日本軍と戦う前から国民政府軍と熾烈な内戦を潜り抜け、国の危機を感じた実戦経験豊富な毛沢東軍とでは士気の内容が違います。国連軍は押し返されてきました。

そこで、三十八度線の休戦協定です。それが現在まで続いていますから目下、北と南は戦争状態なのです。

ちょっと、日露戦争に戻って、ロシア艦隊の到着前に旅順港を閉塞しようと考えた海軍は、その作戦を開始しました。この作戦を考えたのが、東郷司令長官の信頼する秋山真之参謀です。彼は、アメリカ駐在武官の時に、その戦史を研究していて、アメリカ海軍がこの作戦を成功させた事例を発見しました。(なお、彼の兄の秋山好古は、陸軍騎兵隊の創設者で、赫々《かくかく》たる武勲を立てています。のち大将、真之は中将)

しかし、この作戦は旅順港をにらむ高地からの強大な敵の攻撃にあって失敗しました。

明治四十五年　文部省唱歌

『広瀬中佐』　作詞作曲不詳

轟く筒音飛びくる弾丸　荒波洗うデッキの上に
闇を貫く中佐の叫び　杉野はいずこ杉野は居ずや
船内くまなく尋ぬる三度　呼べど答えず探せど見えず
船は次第に波間に沈み　敵弾いよいよあたりに繁し

今はとボートに移れる中佐　飛びくる弾に忽ち失せて
旅順港外恨みぞ深し　　　軍神広瀬とその名残れど

海軍は、そこで、陸軍に山岳トーチカの攻撃を頼みました。ここで、陸軍は大変な誤算をしたのです。参謀の中に、日清戦争のときに、この要塞を視察した士官がいて、こんなものは一週間で落とせるといった。ところが、この十年の間に、ここを租借したロシア軍が、強大な山砲やチェコスロバキア製の最新鋭の重機関銃を多数備え、強固な要塞を築いていたのです。

敵を知らない戦略が通じるはずがありません。孫子の戒めるところです。乃木さんは、息子二人を戦死させ、五万人の兵士を戦死させたのです。

作戦転換を図らざるを得なくなった参謀本部は児玉源太郎参謀総長の陣頭指揮の下、当時、日本に三門しか無かった巨大山砲一門を現地に持ち込み、漸くにしてこれを陥落させたのでした。

しかし、ロシア軍の損傷は大きくありません。ただ、このとき、ロシア本国では革命組織の勢力が著しく増大したために、派遣軍の即時帰国を命令してきたのです。そのため、白旗を上げたので、もしもこのまま戦争が続行されていたら、ロンドン証券市場を通じて、外債で得た戦費を使い果たし、兵員も底をついていた日本はどうなったか分かりません。

朝鮮戦争に戻ります。軍需物資をアメリカ本土から調達する手間と費用を考え、GHQは、大部分を日本で調達することにしました。三菱重工をはじめとするかつての軍需産業は太平洋戦争で大打撃を受けましたが、その温存する技術と設備を充実させ、連合軍の期待に応えました。その発注額は相当なものだったでしょう。日本の輸出振興を考慮に入れて設定された為替レート（一ドル三百六十円）はアメリカに有利に働きました。

このことに関係があると思われる話があります。京成線の市川国府台駅に近い場所に五百坪ほどの則武製作所というのがありました。何を作っていた工場かは、知りませんが、軍の仕事をしていたのでしょう。ここに、千葉県の市川連隊の連隊長付きの飯島中尉がよく遊びに、というより酒を飲みに来ていました。飯島中尉は、敗戦となり、則武社長に、「軍人失業だよ、何をして食っていったらいいかわからないよ」と言いました。

則武社長は、

「これからはパン食になる。幸い、うちの敷地が空いているからパン工場を立ててパン屋になりなさい」と言いました。

これが今、日本一のパンの会社、山崎製パン株式会社の始まりです。この場所の一角にはパンの店があって、「山崎パン一号店」という看板が出ています。

この社長とはお会いしたことはありませんが、ご長男の専太郎氏とは長い間のお付き合いがありました。

朝鮮戦線に送る食料のパンの膨大な注文を受けたであろうことは想像に難くありません。食料その他の物資の大量受注で、各種業界は潤いました。いわゆる朝鮮特需です。これが、その後の日本の高度経済成長の基礎を築きました。

我々一般庶民は、特需の恩恵を受けた実感がありませんが、わずかに、このころ、夜学生の我々に学校の売店でパンの販売が始まりました。いくらか税収の増えた東京都がいくばくかの費用を負担して定時制高校で実施したものと思います。硬いコッペパンでおいしいというものではありませんでしたが、腹ペコ夜学生には恩恵ではありました。ひょっとすると、これは山崎パン製であったのかもしれません。

因みに、昭和五十六年に則武専太郎氏が亡くなったときの葬儀委員長は当時の山崎製パン株式会社常務取締役大川啓治氏でした。

朝鮮戦争は米中に多数の戦死者を出しました。特に毛沢東軍は、日本の二〇三作戦のような拙劣な人海戦術のため、膨大な死者を出し、その数は五十万とも百万とも言われていますが、あの国のことですから正確な数字は誰にもわかりません。この結果、兵員の大減少をもたらし、将来に不安を持った毛沢東は、昔の日本のような、「産めよ増やせよ」政策を強烈に実施しました。

それは、やがて大きな人口問題となり、現在の一人っ子政策の原因となったのでした。

これに先立つ、昭和二十一年十一月三日に、十一章、百三条からなる日本国憲法が公布されました。この新憲法は六か月後の二十二年五月三日に施行されて、この日が憲法記念日となりました。

公布時に、旧制中学二年生だった私たちは、教師の指導の下、四、五人のグループに分かれて各章を分担し、研究発表することになりました。私は第六章司法を分担しましたが、どんな研究発表をしたのか記憶にありません。

旧憲法を全く知らずに、いきなり新憲法ですから随分戸惑いましたが、最も強烈な印象は「前文」と「第二章　戦争の放棄」でした。

軍人志望（海軍）だった私は、ここで、はっきりと軍人と縁が切れたことを悟りました。後年、確か、大岡昇平の本だったと思いますが、その最後尾に「死が、全く日常的であった日々が、いかに異常なものであったかを悟る（知る？）のであった」というような記述を読んで、少年時代は異常な時代だったのを知るのですが。


この時期の時代背景を述べてみます。不戦協定を無視して、日本に宣戦布告したソ連は、満州、千島になだれ込み、軍民合わせて六十万人もの捕虜をシベリヤに送り込み、厳寒の地で酷使しました。最近になって、不明であった死亡者の名簿が明らかになりましたが総数六万人弱という数字は、よくそれだけの犠牲で済んだものと驚きでもあります。

洗脳教育をしたソ連は、効果のあった者から日本に帰国させました。何よりも軍部の復活を恐れたマッカーサーは、その防止策の一つとして、アメリカでは設立が許可されていないにも拘らず、戦時中から戦争反対を叫んでいた共産党の設立を許可しました。

洗脳された帰国者は共産党に入党するか、労働組合に入って活躍することになります。中でも、戦後復興のために鉄道網の整備を急いだ政府は、旧満州鉄道からの帰国者を、失業救済の意味もあって、国鉄に多数入社させたのです。

経験者の彼らはよく働きましたが、反面、ソ連の思惑通り、労働組合の幹部となって辣腕ぶりを発揮し、ストを指揮したり、労使交渉に強固な意見を吐いたりと、激しい活動を展開しました。

これらのことと並行して、歌声運動が盛んになり、歌声喫茶なるものが多数、出現しました。歌われた歌は、ソ連から輸入されたような労働歌(日本でも作曲されたと思います)が主体でした。

太陽は呼ぶ地は叫ぶ　立てたくましい労働者
働く者の赤い血で　世界をつなげ花の輪に
我ら世界を結ぶもの　世界を一つに結ぶもの

その他「バイカル湖のほとり」「カチューシャの唄」「若者よ」等がよく歌われていました。私は、歌声喫茶に行ったことはありませんが、国鉄に勤めていた定時制同期のK君がよく行っていて、歌っていたのを聞いて、自然に覚えてしまったのでした。

政治路線と言われるように、政治家の露骨な介入と拙劣な運営と強大な労組のために、国鉄は大赤字を続け、どうにも動きが取れなくなり、遂に解体されて、現在のＪＲとなったのでした。

これらの労働運動の中心にあったのが、いわゆる労働三法と呼ばれるもので、

・労働基準法
・労働組合法
・労働関係調整法　です。

団結権の行使の一つと言えるかもしれないのが、我々夜学生の先輩の作った南関東夜間高等学校連盟（南関高連）で、皇居前の外車焼き討ち事件などを引き起こしたりしていました。先輩の一人は逮捕状が出て、友達の下宿先にかくまってもらったりしていました。幼稚な革命思想です。この連盟の役員となっていた先輩の一人（山川氏）が、共産党から立候補して代議士に当選した足立区の小林政子氏の選挙応援演説をしていたのを見たことがあります。

小林政子氏は、父が勤めていた千住桜木町の工場の隣の自転車屋の娘さんでした。日雇

い労働者の面倒をよく見ていました。「まーぼー、まーぼーとからかっていたのが今は代議士だからなあ」と、父が言っていたのを覚えています。

以上が大まかな時代背景でした。

朝鮮戦争が拡大してきて、心配になってきたのが徴兵の問題です。憲法を勉強してきて、それはない、と思いましたが、対岸から火の粉が飛んでくるようになって、それでも大丈夫なのだろうかと危惧しました。また死が日常となる異常な時代が来るのか不安に駆られました。

この戦争の結果として生まれたのが警察予備隊です。アメリカ国内では、当然、日本は日本で守らせろという議論が沸騰してきました。戦争を放棄した憲法があるということを知っているアメリカ人は殆んどいなかったといいます。

マッカーサーは自分が作らせた憲法ですから、これを踏みにじるような強引なことはできません。本国との板挟みになって何とか吉田茂を説得して作らせたのがこの予備隊です。おかしいのはこの予備隊創設の原点が、「警察予備隊の創設を許可する」というマッカーサーの許可書です。さすがに命令はできなかったのでしょう。どんな文書かは不明ですが、日本政府から、治安維持のためとか何とか理屈をこねた、許可申請書のようなものをＧＨＱ宛に提出させたものでしょう。

やがてこれは保安隊となり、現在の自衛隊へと発展してきました。庁は省となり、大臣が生まれ、年間五兆円を使う一大組織となりました。イージス艦をはじめ、高価な装備は全部アメリカ発注で、アメリカ軍需産業のドル箱になっていることでしょう。
陸戦では、日本は中国と戦って負けないと言われています。その論拠は、コンピュータ技術を駆使して日本で開発された中型戦車の性能が世界最高の優秀さを保持しているためだそうです。

日本は、陸上作戦には参加していませんが、政府は、マッカーサーの依頼を受け、第二次大戦中に日本軍が敷設した朝鮮水域での機雷の除去を海上保安庁にやらせました。掃海艇の一隻が機雷に触れ沈没、海上保安庁の掃海隊員の一名が死亡しています。明らかに戦死です。重傷者は十八名です。中東海域で同じことが起きない保証は全くありません。戦後の日本には、戦死者が一人もいないというのは間違いです。

「どこが危険地域か、私に分かるわけがない」と言った小泉総理の無責任な発言にも驚きましたが、学者の憲法違反の指摘も無視して、強引に戦争法案を通そうとする安倍総理には独裁的危険すら感じます。

以上でこの長文を終わりたいと思います。調査不足と推敲不足で、というよりは根気が続かず、推敲不能で書き流しのようになってしまいました。ご容赦ください。

（平成二十七年五月二十六日）

山本茂正様

〈追記〉

このエッセイを書き終わった後、どういうわけか、六月に入って、朝鮮戦争に関する記事が新聞に出たり、本が出版されたりしました。映画「二百三高地」（仲代達矢、三船敏郎、森繁久弥）もテレビで上映されました。あやふやな記憶を頼りに書いたものですから、間

違いもありました。訂正する意味も含めて次の事項を追記します。（七月一日）

朝鮮戦争による死傷者数（国連本部発表）

国連軍　　四十万六千人

共産軍　　百八十九万七千人

あまりにも膨大な数字で言葉がありません。

砲弾受注額

一九五三（昭和二十八）年七月二十七日　休戦協定成立時

三菱重工はじめ十数社　　二百八十四億四千万円

同年八月　　　　　　　　五十億四千万円　（一ドル三百六十円で換算）

著者プロフィール
根本 勲（ねもと いさお）
1932年生まれ。東京都出身、在住。
1956年、都立商科短期大学卒業。
1958年、旭ロール㈱入社、取締役総務部長。旭エンボスメタル㈱、専務取締役。
現在、日本棋院葛飾支部長、葛飾区囲碁連盟相談役。
シニア文学投稿誌「鶴」への作品掲載をきっかけに『私の父物語』『鶴』『ゆくりなくも』（いずれも鶴書院）に作品が収録される。

■著書
『或るサラリーマンの日記』（鶴書院、1999年）
『康平君への手紙』（長野日報社、2002年）
『技術大国の礎となった男たち』（文芸社、2004年）
『短・俳 落穂ひろい　～癒し系ユーモア評～』（文芸社、2021年）

新徒然草

2024年10月15日　初版第１刷発行

著　者　根本 勲
発行者　瓜谷 綱延
発行所　株式会社文芸社
〒160-0022 東京都新宿区新宿１－10－１
電話 03-5369-3060（代表）
03-5369-2299（販売）

印刷所　株式会社晃陽社

ISBN978-4-286-25797-6